Illustration／KANAME KUROSAWA

プラチナ文庫

Platinum Label

お医者さんにガーベラ

樋野道流

"Oishasan ni Gerbera"

presented by Michiru Fushino

プランタン出版

イラスト／黒沢 要

もくじ

※本作品の内容はすべてフィクションです。

一章　少しずつ崩れていく足元

　K医科大学付属病院、リハビリテーション科の外来診察室。

　清潔そうではあるがまったく温かみのない白い壁の部屋には、これまた実に事務的な机と椅子、黒くて堅い合成皮革張りの診察用ベッドや、淡い水色のパーティション、昭和の香り漂うプラスチック製の荷物用カゴなどが置かれている。

　そして、この部屋の主《あるじ》である大野木《おおのぎ》甫《はじめ》医師もまた、室内の景色に負けず劣らず愛想のない男であった。

　ルックスこそ三十代前半の年相応だが、落ち着き払った口調や堂々とした態度は、ずっと年長者じみた雰囲気を醸し出している。眼鏡の奥の硬質で怜悧《れいり》な眼差《まなざ》しは、彼に貫禄《かんろく》と共に、どこか近づきがたい威圧感を与えていた。

「ふむ。ほんの少しずつ可動域が広がってきているようだ。まだ相当痛むとは思いますが、根気強くリハビリを続けていけば……」

「あいたたたたたたっ！　何すんですかっ」

不自然な角度で曲がったままの膝《ひざ》を甫に伸ばされ、患者の若い男性は大仰に顔をしかめて悲鳴を上げる。

「何って、治療に決まっているでしょう。外で待っている患者さんが、拷問部屋か何かと勘違いする。大袈裟《おおげさ》な声を出さないでください」

甫は、忌々《いまいま》しげに言い返した。

目の前の患者は先月、深夜にバイクで国道を疾走していて自己転倒し、膝関節《しつかんせつ》をこっ酷《ぴど》く損傷した。整形外科で何度も整復手術を受け、三ヶ月も寝たきり生活を送った後、ようやくリハビリテーションを開始したところだ。

人間の身体は、実にデリケートにできている。

いくら医学が進歩しても、一度損傷した関節を元通りにすることは不可能だし、日頃休みなく動かし続けてきた関節を何ヶ月も固定してしまえば、その関節を動かすための筋肉はたちまち萎縮《いしゅく》し、固く強張ってしまう。

そうなると、自分の力ではどうすることもできない。最初は他人の力で強制的に動かし、ある程度動くようになってからは自分の努力で、少しずつ機能を取り戻していくしかないのだ。

「もう一度。きちんと回復の度合いを見たいので、上半身を動かさないように」

そう言い渡し、甫はもう一度、青年の足を容赦なく摑《つか》んだ。ギシギシと悲鳴を上げる錆《さ》び付いた関節を、理学療法士たちが現時点でどれだけ整備できているかをチェックする。

「ギャッ！」

「はいはい、ちょっと我慢ね～」

「いや、無理、無理っすから。つか、我慢とかしたくないっすよ！」

青年は身をもがいて抵抗しようとしたが、背後に控えた看護師が、タイミング良く青年の肩を押さえつけて逃がさない。

「痛い痛い痛い！　ちょ、怪我《けが》だけでもきっついのに、何でこんな酷《ひど》い目に遭わなきゃいけねえの、痛いって！」

騒ぐ青年を眼鏡のレンズ越しに睨《にら》み、甫はすんでのところで舌打ちをこらえた。

（まったく、暴走の挙げ句の事故なんて百パーセント自業自得のくせに、何でもくそもあるものか。馬鹿《ばか》に付き合わされるこっちの迷惑も、少しは考えたらどうだ）

開業医ならば、「気に入らないならよそへ行け」と啖呵《たんか》を切れるのだろうが、そこは勤務医の悲しさ、ひとりの言動が病院全体の評価に影響するので、自重せざるを得ない。

「……我慢してください」

我々のためではなく、あなたのためなんですよとせめてものイヤミを付け加え、甫はわざと少しだけ必要以上に痛いやり方で青年の膝に力を加え、情けない悲鳴を聞いてささやかに溜飲《りゅういん》を下げたのだった。

「お疲れさまでーす」

担当看護師の挨拶《あいさつ》に送られ、午前の診察を終えた甫は外来を出た。午前といっても、診察受付終了が正午なので、診察が終わるのはいつも午後一時を過ぎてからだ。

リハビリテーション科には、独立した外来はない。整形外科の診察室を一つ借り受けての診察である。

甫自身も、去年、整形外科から転科してきた。

それまでリハビリ科の診療は整形外科の医師が兼任していたのだが、やはりこれからの時代、リハビリテーションの重要性がいよいよ増してくるだろうという病院の判断で、専属の医師を置くことになったのだ。

実力よりも年功序列がまだまかり通る大学病院では、どの医局も上のポストは年寄り連中に占められ、なかなか空きが出ない。いくら実力があっても、大学でのし上がるにはそれだけでは足らない。出世すべきときにポストに空きが出るという、強力な運も必要である。

その運に恵まれない者は、市中病院に流れていくか、開業するか……取るべき道は、たいてい二つだ。

甫の場合は、その一歩手前で一つのチャンスに恵まれた。

信頼する上司から、「出世の足がかりになるよう、よそでハクをつけてこい」と言われ、彼は大して興味もないリハビリ科に講師として派遣されることとなった。
二、三年もすればちょうど席が空くから、整形外科の講師として呼び戻してやると言われたのが決断の理由だ。たった数年の我慢でスムーズに昇進できるなら安いものだ……という実に現実的な打算が働いたのである。
とはいえ、根が真面目な甫なので、腰掛けとはいえいい加減な仕事をしたりはしない。

これまでリハビリ科の医師は整形外科と掛け持ちだったので、どうしても優先順位は整形外科のほうが上だったし、リハビリ科の医局ではお客さん的存在でしかなかった。

リハビリ科としても、よその人間に自分たちの職場を引っかき回されるのはご免なので、必要な仕事だけして、余計なことを言わない医師を歓迎する。そんな空気も手伝い、派遣された医師は、医局で仕事はしても、運営にはタッチしない……というのが暗黙の了解だったのである。

ところが甫はリハビリ科の講師に着任早々、みずから業務改革に着手した。

まず、昔ながらのやり方のまま続けられていたリハビリのプログラムを見直し、最新の理論に基づいたカリキュラムを導入した。最先端の医療機器もいくつか設置し、実験的なリハビリにも挑戦できるようにした。

また、それまではあまり重要視されていなかったスポーツ選手のケアにも力を入れ始めたので、次第に地元のサッカーチームやプロ野球チームからのコンサルティングも増えつつある。

かなりワンマンで強引な甫のやり方に、療法士たちはいっせいに不満の声を上げた。膨大な量の新しい知識や手技を身につけなくてはならなくなり、しかもこれまでより遥かに数の多い、しかも症状が多様な患者にも対応しなくてはならない。

おまけに、甫は週に一度、終業後に、療法士全員の出席を義務づけた勉強会を開催することにした。皆が持ち回りで、それぞれ興味のある事柄やトピックスについて、他のメンバーにレクチャーするというスタイルなので、順番が回ってきた週は、普段の仕事に加え、皆の前で恥を掻《か》かない程度の準備が必要となる。

そんな労働環境の急激な変化に、これまでお決まりの仕事だけを安穏と続けてきた彼らの多くは対応しきれなかったのだ。

だが、実際に社会的な評価も収益も上がっているので、正面切って甫に不平を言う勇気のある者は誰もいなかった。何か言おうとしても、弁の立つ甫が相手では、一言っただけで十やり込められるのが関の山だ。それを悟った部下たちは、せいぜい陰口を叩《たた》くことで鬱憤《うっぷん》を晴らすしかないのだった。

甫の新しい取り組みを地元メディアが報道したこともあり、他の施設からの見学者も増え、それが否応なく医局全体のモチベーションを上げる効果をもたらしている。

甫は名実共にリハビリテーション科の要《かなめ》となり、古巣の整形外科をはじめ、他科と積極的に連携しつつ、日々、忙しく立ち働いていた。

「大野木先生、ちょっとよろしいですか」

背後から呼び止められ、甫は足を止めた。振り返る前から、声の主はわかっている。同じリハビリ科に所属する理学療法士、深谷《ふかや》知彦《ともひこ》だ。

均整の取れた大きな身体にこざっぱりと短くカットした髪型、実直そうな顔立ち、そしてハキハキとした言動。全体的に、清潔感のある青年だ。

多少要領が悪く、患者に入れ込んで客観性を失いやすいという欠点はあるが、仕事熱心で新しい技術や知識の獲得に意欲的な、若手の成長株である。甫は転属してきたときから、この知彦に目をつけ、厳しく指導してきた。

鉄は熱いうちに打てを実践し、いつかリハビリ科を引っ張っていく優秀なスタッフになってくれればいいと願っていたのである。

知彦も、どんなに甫が素っ気なく突き放しても、がむしゃらに追いすがってくる。甫にとって、知彦は部下というより忠実な飼い犬のような存在だった。

その気持ちは今も変わらないが、ある時点、そしてある理由から、甫の知彦に対する心情には非常に複雑なものが交じるようになった。

甫の年の離れた弟、遥《はる》は、一度は医学生になったもののほどなく退学し、今は下町でコッペパン専門の小さなベーカリーを経営している。

その遥が付き合っている相手というのが、よりにもよってこの知彦なのだ。

知彦は決して悪人ではない……というより、今どき滅多に見ないような純朴で気立てのいい、勤勉な好青年だ。男でさえなければ、世間知らずの甘ったれ、しかも超絶マイペースで頑固な遥には理想的な交際相手だと思えただろう。

実際、遥のすぐ近所に住んでいることもあり、知彦は遥が経営するパン屋の仕事を手伝ってもいるらしい。理学療法士の仕事だけでもかなりのハードワークなのに、まったくもって面倒見のいい男だと感心せざるを得ない。

だが、幼少時から過保護なまでに可愛がり、何もかもから守って、自分が育て上げたも同然の弟が、よりにもよって男、しかも自分の部下と恋愛関係にあると知ったとき、甫は我を忘れて激怒した。

本気で知彦を病棟裏に呼び出し、ボコボコに殴ってやろうと思ったほどだ。だが、それすら遥に「公私混同したら絶交する」と宣言され、阻《はば》まれてしまった。

それ以来、甫は相変わらず知彦に対して上司としての威厳と節度を保ちつつ、たまにチクチクと苛《いじ》める程度の憂さ晴らししかできない日々が続いている。

「すみません、大野木先生。お急ぎでなければ、ご相談したいことがあるんですが」

礼儀正しく穏やかなその話し声を聞いただけで、知彦の人柄の良さが窺《うかが》える。

「何だ」

甫は何気ない風を装って返事をしたが、どうしても声と表情が必要以上に無愛想になってしまう。振り返ると、半袖《はんそで》ケーシー姿の知彦が、クリアファイルを抱えて立っていた。

これはまったく知彦のせいではないのだが、彼のほうが甫より少し背が高いので、ただ向かい合っただけで、自然と甫は彼に見下ろされることになってしまう。

それがどうにも気に入らない甫は、鋭い目で知彦を睨みつけた。

「あ、あの。七〇五号室の高橋《たかはし》さんなんですが、歩行訓練に若干の問題が出てきたんです。対応策を僕なりに考えてみたので、先生にチェックして頂けたらと……」

細身に見えるが、知彦は子供の頃から古武術を習っているらしく、全身にバランスよく筋肉がついている。意外に広い肩をすぼめるようにして話す知彦の目は、どうにも居心地悪そうに甫の胸元あたりを彷徨《さまよ》っていた。

彼とて、上司の弟と交際中であることの気まずさには、甫以上のものがあるだろう。しかし、その状況は遥と付き合っている限り変わることはない。甫にしても知彦にしても、どうしていいかわからない、というのが正しい心情なのかもしれない。

「俺は今、外来を終わらせてきたところだぞ。お前は俺に、昼飯も食わせない気か」

慇懃《いんぎん》な知彦の態度によけいに苛立《いらだ》ち、甫は尖《とが》った声で彼を詰《なじ》った。八つ当たりなことは明白なのに、知彦は心底済まなそうに謝る。

「す、すいません！　じゃあ、あの、あらためて後でお持ちします」

さすがに良心が咎《とが》めた甫は、知彦が差し出しかけて慌てて引っ込めようとしたクリアファイルを、いささか乱暴に引ったくった。

「いい。空き時間に目を通しておく。今日の午後は、整形外科病棟の教授回診に同行するつもりだから、話は夕方以降だ。それでもいいな？」

「はいっ。ありがとうございます」

知彦はホッとした様子で、人好きのする笑顔を見せた。

何故か全体的なイメージはやたらと地味なのだが、よく見ると、知彦は整った目鼻立ちをしている。温厚で明るい性格も手伝い、スタッフや患者からの人気も高く、リハビリのパートナーにわざわざ知彦を指名する患者も少なくない。

しかもそうした人気に驕《おご》ることなく、日々真摯《しんし》に仕事と向かい合う彼の誠実な態度には、さすがの甫も感心せざるを得ない。

（遥に人を見る目があることだけは、確かなんだがな）

腹の底ではそう思う甫だが、高すぎるプライドと弟を奪われた悔しさが邪魔をして、知彦への態度を変えることがどうしてもできない。

「ではな」

素っ気なく会話を切り上げ、甫は知彦に背を向けた。視界の端に、深々と頭を下げる知彦の姿を確認しつつ、再び廊下を歩き出す。

チラと腕時計に視線を落とすと、時刻はもう午後二時前だった。

「……どのみち、まともな昼飯を食う暇はなさそうだな」

もとからあまり食に興味のない甫なので、食事は純粋にエネルギー源を摂取する行為に過ぎない。空腹が満たされ、健康を害するものでなければそれでいいのだ。

医局へ戻る途中、売店に立ち寄っておにぎりを一つ買い、それで昼食を済ませてしまおう。そう算段して、甫は廊下を歩いていった。

リハビリ科自体には病床はないが、各科の入院患者のリハビリにも当然ながら対応している。

基本的に、それぞれの病棟から患者がリハビリルームに来てリハビリを行うのだが、最初のコンサルティングや診察に関しては甫が病室に赴《おもむ》くし、移動が困難な患者については、その後も継続して、病室、あるいは病棟のロビーでリハビリを行うこともある。

今日は、喉頭癌《こうとうがん》の手術で声帯を失った患者のリハビリ開始にあたり、主治医と家族を交えた顔合わせの面談があり、甫は言語聴覚士を伴って耳鼻咽喉科《じびいんこうか》の病棟に来ていた。

リハビリ科の医師のつらいところは、患者がときに、リハビリさえ受ければ失われた機能を百パーセント回復できると信じ込んでいることだ。

今日の患者もそう思っていたふしがあり、甫たちが、「リハビリを行っても、元のような声が出るわけではない。ただ、食道発声の訓練をすることにより、再び音声によるコミュニケーションがとれるようになるだけだ」と説明すると、酷く打ちひしがれてしまった。

とりあえず症状を確認し、これからのリハビリの方向性や具体的なプログラムについて説明は行ったものの、頷《うなず》くのは傍らに控える家族だけで、本人は上の空というか、虚《うつ》ろにシーツを見つめているだけだった。

「やれやれ、あの人、けっこう大きな保険会社のやり手営業課長だったらしいですよ。べラベラ喋《しゃべ》って客を取るのが仕事だったんだから、声を失っちゃ凹《へこ》むってもんだ」

病室を出た言語聴覚士は、気の毒そうに声をひそめた。そして、「やる気にさせるのが一苦労っすね」と大儀そうに付け加える。

「それがお前の仕事だろう。無駄口を叩いている暇があったら、これからやるべきことを考えろ」

甫が冷ややかに言うと、彼は、わかっていると言いたげに肩を竦《すく》め、先に帰りますと言ってスタスタ去ってしまった。一秒たりとも、必要以上に甫と一緒にいたくないといった態度だ。

「…………」

今さら気にしていても仕方がないので、甫も医局に戻ろうとした。しかし、エレベーターホールに向かう途中、すれ違った顔見知りの看護師に呼び止められる。

「あ、大野木先生。うちの京橋《きょうばし》先生から、資料お預かりしてます」

「資料？　ああ、前に頼んでおいた、顔面再建術の。助かるな。来週は勉強会の当番だから、いい題材になる」

「あら、ナイスタイミングでしたね。ナーステに置いてあるので、すぐ取ってきます」

「ああ、頼む」

足早に歩いて行く看護師の後を追い、甫もナースステーションへ行った。中には入らず、カウンターの端にもたれて待つ。

するとそこへ、小さなフラワーアレンジメントを持った若い男が現れた。

細身の長身をブルーグレイの大きめのツナギに包み、洗いざらしたデニムのエプロンを着け、少し長めの緩い癖のある髪をうなじで結んだその姿には、うっすら見覚えがあった。

（……ああ、花屋か）

それは、時々病棟に花を届けに来るフラワーショップの店員らしき人物だった。

病棟ナースの言うことには、病院の筋向かいで営業しているため、見舞客だけでなく、患者自身からの花の注文も多く、それでみずから配達に来ているらしい。

「こんにちはー！」

場所柄、大声は出せないが、感じのいいもの柔らかな声と笑顔で、青年はナースステーションの中に向かって声を掛けた。

「あらっ、こんにちは。今日も配達？」

耳鼻咽喉科の病棟ナースはすぐに席を立ち、甫には絶対に見せないようなリラックスした笑顔で青年に挨拶を返す。青年も、愛想良く答えた。

「ええ、他の医局に。それで、ついでにこれを」

そう言いながら、青年は小さなフラワーアレンジメントをカウンターに置いた。全体的な雰囲気は控えめだが、明るい色でまとめられた、いかにも気持ちが明るくなりそうなアレンジメントだ。

「あら、可愛い。でも、どうして？」

「いつもお世話になってますから……っていうのは表向き、間違って仕入れ過ぎちゃいまして。このまま売れ残って駄目になるよりは、患者さんとか看護師さんとかに見てもらえたほうがお花も幸せだと思うので。よかったら」

「じゃあ、プレゼント？」

「はい。先日、おやつのお裾分《すそわ》けも頂きましたしね」

「うふふ。海老で鯛《たい》を釣っちゃった感じかしら。ありがと。病棟の雰囲気が明るくなるわ。あ、ごめんなさいね」

ナースコールが鳴って、看護師は慌《あわ》ただしくコントロールパネルのほうに移動する。

「じゃ、僕はこれで」

青年は踵《きびす》を返そうとして、成り行きを何とはなしに見ていた甫にふと気付き、軽く会釈《えしゃく》しながらちょっと不思議そうな顔をした。

「あれっ、先生、整形外科の……？」

甫が覚えていたのだから、相手も甫を見かけて記憶していても不思議ではない。甫は無愛想に答えた。

「もともと整形外科にいたが、今はリハビリ科にいる」

青年は穏やかな笑顔で「ああ」と言った。

「なるほど、そうでしたか。お世話になってます。今度、リハビリの病棟にもお花を持って行きますよ」

「うちには病棟はない。リハビリルームがあるだけだ」

「じゃあ、リハビリルームの受付にでも」

「別に気を遣う必要はない」

おそらく、耳鼻咽喉科にだけ花を届けたことを後ろめたく思っているのだろうと察して、甫はつっけんどんに言った。だが青年は、甫の顔をジッと見て、人懐っこそうな笑顔のままかぶりを振った。

「いいえ、先生に似合いそうなお花を思いついたので、是非」

「……俺に似合いそうな花？　不気味なことを。男に花が似合ってたまるか」

甫は不快げに、すっきり通った鼻筋に皺《しわ》を寄せた。だが青年は、屈託《くったく》なく言った。

「不気味じゃないですよ。老若男女を問わず、花はいいものです。誰にでも、お似合いの花は見つかります。先生には、きっと……」

「大野木先生、お待たせしました！」

青年の言葉を遮るように、ナースステーションの奥の部屋から看護師が出てくる。彼女は、二人の会話を断ち切ってしまったことには気付かず、甫に大判の封筒を差し出した。

「すみません、しばらく置いてあったもので、見つけるのに時間がかかってしまって。こちらになります」

「ああ、ありがとう。京橋先生には、俺のほうから受け取りの報告とお礼をしておく」

「そうしてください。じゃあ」

看護師は頭を下げるが早いか、電子カルテ用のノートパソコンが載った台を押し、病棟のほうへ出て行く。看護師は、とにかく多忙なのだ。

「……ではな」

甫も、用事が済んだ以上、無駄話をするつもりはない。素っ気なくエレベーターへと向かった。

「どうも……」

青年も、敢《あ》えて食い下がろうとはせず、軽く頭を下げて見送る。だが、彼が「そっか、リハビリの先生か……」とどこか嬉しそうに呟《つぶや》いた声は、甫の耳には届かなかった……。

そして、午後七時過ぎ。

甫はさっき知彦から預かったクリアファイルを携え、リハビリルームへと向かった。もうとっくに診療時間は終わり、板張りの広い室内には患者たちは勿論、スタッフの姿もない。

ただ、知彦だけが残ってベンチに腰掛け、傍らにカタログを広げて、義足を矯《た》めつ眇《すが》めつしていた。

「深谷」

甫が声をかけると、知彦は弾《はじ》かれるように義足を持ったまま立ち上がった。

「す、すいません、大野木先生。呼んでくだされば、僕が医局に行ったんですけど」

「医局にポリクリの学生たちが来ているから、カンファレンスルームで菓子を食い散らかしながらレポートを書いているんだ。落ち着いて話せる場所がない。ここのほうがまだマシだろうと思ってな。……それは？」

甫の視線は、義足に注がれている。本物の足を模したものではなく、強靭《きょうじん》なバネを取り付けた、いかにも実用本位の競技用義足だ。

「メーカーさんから送られてきた試作品なんです。ええと、広瀬《ひろせ》君のなんですけど……」

「広瀬……ああ、交通事故で左下肢を切断した高校生だったか。そうか、彼はお前の受け持ちだったな」

知彦は、義足を大事そうに抱えたまま頷いた。

「はい。あの子、事故に遭うまで陸上競技で活躍していたんです。インターハイに出たって言ってたから、けっこういい線いってたみたいですよ」

「……らしいな」

別段興味もなさそうに、甫は相づちを打つ。それと対照的に知彦は熱心に話を続けた。

「だから、左足を切断されたショックは人一倍で、自暴自棄になってた時期も長かったんですけど……。でも、ようやく気持ちを前向きに持てるようになってきて、今度はパラリンピックを目指すって言ってます」

「なるほど。それで競技用の義足を」

「はい。徳島《とくしま》の小さなメーカーさんが協力を申し出て、試作品を作ってくださったんです。これを叩き台にして、彼に実際リハビリで使ってもらいながら改良を重ねていこうと」

「そういえば、そんな話を以前に聞いたな。順調に進んでいるなら重畳《ちょうじょう》だ。……で、昼間、お前が寄越してきたこのデータと対応策だが」

「あ、は、はいっ」

甫はベンチに腰を下ろし、自分の隣を軽く叩いた。知彦はすぐに甫から少し距離を置いて座り、傍らに義足を置く。

知彦は畏《かしこ》まって両手を膝に置いているが、甫は長い脚を組み、クリアファイルを知彦の膝に放り投げた。

「ざっと目を通した。悪くはない」

「本当ですか？　ありがとうございますっ」

知彦は目を輝かせる。そんな知彦を横目に見ながら、甫は淡々と言葉を継いだ。

「だが、お前が作るリハビリプログラム全般に言えることだが、総じて甘い」

草食動物を思わせる知彦の目に、今度は不安の色が過《よ》ぎる。つくづく、感情がストレートに表情に出る男なのだ。

「甘い……ですか」

「患者に配慮することは勿論大事だが、これでは様子を窺いすぎだ。今さら言うまでもないことだが、失われた機能を取り戻すには、生半可な努力では足りん。かなりの挑戦と忍耐力が必要だ」

「……はい」

知彦は熱心に甫の言葉に耳を傾けている。

「お前は、忍耐力を伸ばすことには意欲的だが、挑戦のほうを恐れすぎる」

「それは……僕が以前、調子に乗って頑張らせすぎて、患者さんの膝をかえって悪くしてしまったことがあるので。それで……」

「だからといって、全ての患者に手加減していてどうする」

過去の失敗に拘《こだわ》る知彦の言葉を、甫はピシャリと遮った。

「手加減しているわけでは」

「ないとは言わせん。これでは、リハビリは遅々として進まんぞ。時間が経てば経つほど、取り戻せる機能は減っていくんだ。出来る限りの無茶をさせろ」

「でも、ここ数日ずっと強い痛みを訴えていて、そのせいでモチベーションも下がっているんです。だから」

「痛みを伴わないリハビリなどない。それに、痛かろうがつらかろうが、すべて自分のためだろう。こっちが頼んだり、機嫌を取ったりする必要はない」

「…………」

「リハビリは、患者が自分のためにするものだ。お前の仕事はそのサポートとコントロールに過ぎん。お前のためにさせるわけじゃないんだ。患者がやりたくないのなら、放っておけばいい。損をするのは本人だ」

「…………」

知彦は抗弁せず、ただ唇を嚙《か》みしめる。そのあからさまに我慢している態度に苛つき、甫は尖った声を出した。

「言いたいことがあるなら言え。沈黙は単なる時間の無駄だ」

「……いえ」

だが、促《うなが》されても知彦は何も言わなかった。ただ、「カリキュラムをもう一度考え直します」とだけ言い、立ち上がって深く頭を下げる。

「………」

「お時間を頂いてしまって、すみませんでした。失礼します」

そのまま立ち去ろうとする知彦の背中に、甫は一瞬躊躇《ためら》った後、できるだけさりげない風を装って声を掛けた。

「そういえば、遥は元気か？」

「あ……えっと、あの、はいっ」

振り向いた知彦の顔には、さっきまでとまったく違う明るい笑みが浮かんでいる。

「元気です、とても。相変わらず、毎日一生懸命コッペパンを焼いて、売って……」

「そんなことは聞かなくてもわかっている。余計なことは喋らなくていい」

「す、すいません。あの……僕が言うのも変なんですけど、先生も、たまにはお店に行ってあげてください。遥君も、きっと喜ぶと」

「余計なことを言うなと、たった今俺は言ったはずだが」

「あ……重ね重ねすみません。えっと……失礼します」

飼い主に冷たくされた犬のようなしょげ返りぶりで、知彦は甫に背を向け、とぼとぼと歩いていく。それとほぼ入れ違いに入ってきたのは、知彦より十歳近く年上の、いわゆる中堅クラスにあたる理学療法士、橋本《はしもと》だった。

もはや知彦のようなひたむきな熱意はないが、与えられた仕事をそつなくこなす、組織には欠かせないタイプの人間だ。

普段から甫が知彦に厳しいことを知っている橋本は、「また……」というような軽い非難の眼差しを甫に投げた。甫がここに知彦を呼びつけ、叱責《しっせき》していたのだと思い込んだのだろう。

わざわざ出向いてきたのは俺のほうだと訂正するのも馬鹿馬鹿しくて、甫は立ち上がり、尖った声で言った。

「何だ」

橋本は、さりげなく視線を逸《そ》らし、手近にあるものをわざとらしく片付け始める。不機嫌のとばっちりを喰《く》らうのはご免だと言わんばかりの動作だ。

「いえ、別に何も。先生、まだいらっしゃいます？　もうこの部屋、閉めてしまおうと思って来たんですけど」

「いや。もう用事は済んだ」

「そうですか」

あからさまに「だったら出て行け」という目つきをした橋本を残し、甫は足早にリハビリルームを出た。

指示する者と従う者。

もっと有り体《てい》にいえば、使う者と使われる者。

どんな職場でも労働者はその二群に分類されるのだろうが、病院という特殊な場所では、二つの群れの差はひときわ大きい。

特に臨床分野においては、教授がただひとりの絶対権力者である。

その下に部下の医師たちがぞろぞろと並び、さらにその下に、いわゆるコメディカルと言われる医師以外のメンバーが位置するという美しいピラミッド構造が構築されている。

ピラミッドといえば聞こえがいいが、要は決して下克上の許されないカースト制度のようなものが、厳然と敷かれ続けているのだ。

このリハビリ科においても、同様である。

講師である甫に真っ向から逆らえる者は誰もいない。その代わり、皆、ちょっとした仕草や目つき、語尾の微妙なニュアンスで、「お前に対して好意は持っていない」と婉曲《えんきょく》に伝えてくるのだ。

誰よりも遅くリハビリ科にやってきたくせに、いきなりトップの座に座り、好き放題に自分たちを振り回し、こき使う暴君。

おそらく、療法士たちの自分に対する認識は、そんなところなのだろう。

それは決して愉快なことではないが、正面切って自分の意志を表明できない臆病者《おくびょうもの》の相手をする必要はない、というのが甫の考えである。

ここが職場である以上、私情など関係ない。部下たちにおもねって仲良しごっこをするつもりはないし、緊張感があるほうが能率が上がる。

とにもかくにも結果が出ている以上、このやり方が悪いわけはないのだ。

療法士たちが自分に刃向かうのは、彼らが怠慢で向上心がないからだ。

その思いは揺るがないものの、やはり、自分のやり方に賛同し、積極的に協力してくれる同僚がいないという現状には、さすがの甫も気が塞《ふさ》ぐ。

「……俺は、間違っていない」

思わず、そんな独り言が口を突いて出た。そして、わざわざそんなことを口に出す自分の女々しさに苛立ち、舌打ちしてしまう。

何にせよ、長くてもあと二年の辛抱だ。

ここで確かな実績を積み、本来の職場である整形外科に堂々と凱旋《がいせん》し、出世の階段を上る。そのためだけに、今の苦労があるのだ。リハビリ科の連中にどう思われようと、構うものか。

みずからにそう言い聞かせ、甫はひとり、医局へと戻っていった。

＊　＊

それから三日後の、午後八時過ぎ……。

残業をしていて帰りが少し遅くなった甫は、自宅マンションではなく、遥の家に足を向けた。

遥は今、亡き母方の祖母が所有していた小さな家で暮らしている。昔、祖母が駄菓子屋を営んでいた一階の土間を、そのままコッペパン屋に転用しているのだ。

祖母が死んでから、甫がその家を訪ねたのは、これが二度目だった。

最初は三ヶ月前、遥を捜してここにたどり着いた。

甫が知らないうちに医学部を退学した遥は、それまで暮らしていた実家を出て、一人暮らしを始めた。しかも、両親には居場所を報《しら》せていたものの、それを甫に教えないように口止めまでしていたのだ。

母親をしつこく問い詰め、ようやく祖母宅に暮らしていることを突き止めて出掛けてみれば、医師の道を捨てた弟は、下町でささやかすぎるコッペパン屋を経営していた。

しかもその傍らには、自分の部下である知彦が、恋人面《こいびとづら》で寄り添っていたのである。

無論、そのときまで知彦は、甫と遥が兄弟だということは知らなかった。その点において知彦を責めるのはお門違《かどちが》いだと、甫もわかっている。

それでも、生まれたときからずっと自分を慕い自分に依存してきた弟が、いきなり自立を宣言したことは、甫にとって大きな衝撃だった。その一方で、知彦のことは頼っているという事実も、どうにも理解不能だし、受け入れがたい。

弟に拒絶されたショック、そしてある意味、部下に負けたという屈辱に直面することができず、それ以来、甫は遥の家を訪ねられないままでいた。

知彦は三日前と同様、ごくごく遠慮がちに何度か遥に会ってやってくれと言ってきたが、そのたび、甫は「忙しいし、お前には関係ない」と冷たくあしらった。

何故、他人のお前から兄弟のことに口を出されなくてはならないのだとイライラし、遥と会おうかと思っても、知彦の言葉に従ったようで腹が立ち、行くにいけない。

知彦にとっては、心底兄弟仲を心配してのことなのだろうが、それが逆に、甫の足を遥の家から遠のかせることとなってしまっていた。

しかし、三ヶ月経った今なら、遥も、自分に対して頑《かたく》なな態度を取ったことを反省しているかもしれない。知彦と遥の関係が上手くいっているとも限らない。

あるいは……知彦よりやはり兄のほうが頼りになると、認識を改めているかもしれない。

心の底には、そんな期待もある。

とにもかくにも、兄としては、弟の暮らしぶりを把握しておく必要がある。そう自分に言い聞かせ、甫は重い足を無理矢理動かした。

冬の冷たい夜風が、頬《ほお》を刺す。しかし、駅から足早に歩いていると、身体は暖まって、ロングコートが邪魔なくらいだ。マフラーはさっき外して、バッグに入れてしまった。

幼い頃から時折通った祖母の家は、昔ながらの下町にある。表通りから細い路地に入ると、ふわりとパンの香ばしい匂いが漂ってきた。

住人はほとんどが高齢者の下町で、夕飯にパンを食べるような人間はそういない。ということは、この匂いは遥の焼くコッペパンのそれだと甫は気付いた。

（こんな時間にも、あいつはパンを焼いているのか……）

まさか、翌日の売り物を前夜に焼くことはないはずだ。ということは、店の営業を終えてから、レシピの改良を試みているということだろう。

（あいつが、そんな地道な努力をするようになったとはな）

奇妙な感慨が、薄暗い路地を静かに歩く甫の胸にこみ上げた。

両親が共働きだったこともあり、九歳年下の弟の世話は、自然と甫の仕事になった。

何につけても出来のいい子供、手の掛からない子供と言われた甫とは対照的に、遥は身体も小さく、酷く内気かつ不器用で、天使のように可愛い外見以外、何ひとつパッとしたところのない子供だった。

幼稚園や小学校時代、苛められ、怪我をして泣いて帰ってきた遥を慰《なぐさ》めるのも、いじめっ子に遥に代わって抗議に行くのも、友達のいない遥の遊び相手を務めるのも、常に甫の役目だった。

さすがに中学に進んでからは、そうした苛めに遭うことはなかったが、遥の内向的な性格はそのままで、やはり友人はほとんどできなかったようだ。ことあるごとに遥は甫の部屋に来て、あれこれと相談話を持ちかけてきた。

それがどんなに些細《ささい》なことでも、生真面目な甫は当の遥以上に真剣に対応策を考えてやり、そのせいで悩みすぎて胃炎になったことすらある。

遥が医学部に合格したときも、親より、いや本人より喜んだのは、ずっと勉強をみてやっていた甫だった。

「兄ちゃん、ありがとう！　俺やっぱ、兄ちゃんがいなきゃ駄目だ」

合格発表のあった夜、自分に飛びついてそう言った遥の言葉を、甫は未だに鮮やかに思い出すことができる。

あれから、たったの三年しか過ぎていない。

それなのに。

いったい、いつの間に遥は、あんなふうになったのだろう。

勿論甫とて、このまま一生、弟の面倒を見続けるつもりはなかった。それでも、彼の自立すら、自分が導かなくてはならないものだと甫は思っていたのだ。

遥を立派に医者にして、一生困らないようにしてやれば、安心して遥から手を離せる。しかも同じK医科大学にいる限り、何かあればすぐまた手を差し伸べてやれる……そんな胸算用が甫にはあった。

だが遥は、勝手に医学部を退学し、家を出て、死んだ祖母宅を受け継いでコッペパン屋などという思いもよらない商売を始めた。

あの引っ込み思案で、甫がいなければ何もできなかった遥は、どこへ行ってしまったのだろう。

今さら考えても詮無いことではあるが、何度考えても、頭に浮かぶのはその疑問ばかりだ。

「ああ……ここだ」

パンの香りを嗅《か》ぎながら、物思いに沈んで歩いているうち、甫はいつの間にか家の前に来ていた。

ここが店であることを示すのは、「遥屋《はるや》」と書かれたごくごく小さな木札だけだ。それだけでは、何の店だかまったくわからない名である。

店舗になっている土間のガラス戸には既にカーテンが引かれていたが、甫はそんなことを気にも留めず、拳《こぶし》でガラス戸の木枠を叩いた。

扉全体が震え、思ったよりも大きな音が出る。

思えば前回も、こうして中に入ったな……と思っていると、土間に灯《あか》りがついた。足音がして、扉を開けたのは、遥ではなく、知彦だった。

「あ」

「……来ていたのか」

半ば反射的に険しい面持ちになった甫に、知彦も気まずく狼狽えながら、しかしどこか嬉しそうに頭を下げる。

「あ……っと、お、お疲れ様でしたっ。その、ぼ、僕が言うのも変なんですけど……どうぞ」

「…………」

確かに、弟宅を訪問し、赤の他人の知彦に「どうぞ」と言われて、「お邪魔します」と言うのはどうにもおかしい。代わりに言うべき言葉も見つからないので、甫は無言で家の中にぬっと入った。

「どしたの、深谷さん。誰？」

奥から、エプロン姿の遥がヒョイと顔を覗《のぞ》かせる。

フワフワの綿毛のような髪をバンダナでまとめ、ネルシャツの袖を肘《ひじ》までまくり上げてエプロンをつけた、いかにも下町の小さなパン屋らしい姿だ。二十二歳という年の割に幼く見える顔には、リラックスした表情が浮かんでいる。

「…………」

久しぶりに会う弟に何を言えばいいかわからず、甫は黙って片手を軽く上げる。遥は、甫のよく知っている無邪気な笑顔を見せた。

「あっ、兄ちゃん！　やっと来てくれたんだ。それも、ちょうどいいタイミング」

「いいタイミング……？」

「今、遥君と、新しい配合で焼いたパンを試食するところだったんです。その、よろしければ大野木先生も」

知彦の説明に、遥も家の中から暖簾《のれん》を持ち上げた状態で言葉を重ねる。

「兄ちゃん、仕事帰りっぽいから晩飯まだでしょ。食べてってよ、俺のコッペパン」

知彦に誘われるいわれはないが、遥がそう言うなら食べてやらないでもない。

「……そうだな。お前が、客に損害を与える、あるいは客の健康を損なうようなパンを作っていないか、チェックしておいたほうがいいな」

半ば本気、半ば照れ隠しでそう言うと、遥はぷうっと頬を膨らませた。

「もう、兄ちゃんは、いつまでも俺が子供だと思って！　毎日来てくれるお客さんだって、何人もいるんだからね！　深谷さんだって、最初は……」

「あわわわ、遥君、いいから。せっかく大野木先生が食べてってくださるって仰《おっしゃ》るんだから、ねっ。早く支度支度」

どうやら、なれそめに関しては、甫に聞かれたくないことがあるらしい。知彦は大慌てで遥の言葉を遮り、さらに遥の背中を押して厨房《ちゅうぼう》に戻らせる。

「先生、寒いですから早く中に……って、あ、スリッパを出しますね」

勝手知ったる他人の家とばかりに、知彦は戸棚を開け、上がり框《かまち》にスリッパを並べる。足繁《あししげ》く……というか、おそらく毎日のように、この家に来ていることが窺える自然な動作だった。

「…………」

いかにも遥との親密さを見せつけられたようで、初《しょ》っぱなからすこぶる面白くない。甫はやはりニコリともせず靴を脱ぐと、知彦がきちんと揃《そろ》えてくれたスリッパに、乱暴に足を突っ込んだ……。

店の奥の住居スペースに足を踏み入れた甫は、懐かしさに思わずあちこちを見回してしまった。

幼い頃に遥を連れてよく通った祖母の家の雰囲気は、今もほとんど変わっていなかった。遥は、遺《のこ》された家財道具のほとんどを、そのまま使っているようだ。

ただ、奥に見える台所は、やはりパン屋仕様にある程度リフォームしているらしく、祖母が住んでいた頃はなかった調理用のテーブルや大きなオーブンが見えた。

「ほら、兄ちゃん座って！」

遥は甫の手を引いて、ちゃぶ台の前に座らせる。

遥と知彦も、パンの試食で夕飯にするつもりだったのだろう。ちゃぶ台には二人分の食器がセットされ、中央にはコッペパンに様々な具を挟んだものがいくつか、大皿に盛られていた。

「あの、今夜は冷えますから、パンだけだと味気ないと思うので……。僕が作ったのでお粗末ですが、よろしかったらご一緒に」

甫の前に手際よく食器をセッティングしながらそう言った知彦は、すぐに厨房に引き返し、盛大に湯気の立つスープボウルを三つ、トレイに載せて運んできた。

大振りなボウルに気前よく盛られているのは、クリームシチューだった。

ゴロンゴロンと大きく切った蕪《かぶ》とニンジン、それにタマネギとブロッコリー、チキンがたっぷり入っていて、コーンの黄色が鮮やかなアクセントになっている。往年の給食っぽい匂いがするところをみると、おそらく市販のルーを使ったのだろう。

いかにも男の料理らしい大雑把《おおざっぱ》さだが、普段、一人暮らしで自炊は一切せず、弁当屋とコンビニが馴染《なじ》みの甫には、驚くほど旨《うま》そうに見えた。

「これは……お前が？」

思わず訊《たず》ねると、知彦は大きな背中を少し丸め、恥ずかしそうに頭を掻いた。

「はい、料理はわりに好きなんです。遥君は火が苦手だって言うので、食事はだいたい僕が」

「……ああ。やっぱりまだ駄目なのか」

甫は三つの湯飲みにお茶を注ぎ分けている遥を見ながら、軽く眉《まゆ》をひそめた。

まだ遥が五歳の頃、まさにこの家で、祖母と三人で庭の落ち葉を集めて焚き火をしたことがあった。そのとき、祖母が目を離した隙《すき》に、火に近づきすぎた遥の服に火が燃え移り、あわや大惨事になるところだったのだ。

幸い、甫が咄嗟《とっさ》に、祖母が消火用に置いていたバケツの水を遥の頭から掛け、バタバタと叩いて火を消すことができたので、遥は腹部を軽く火傷しただけで大事には至らなかった。

しかしそれからというもの、遥は火を酷く恐れるようになってしまった。コンロも、マッチも、蠟燭《ろうそく》の火ですらも、怖がって近づけないのだ。

パン屋になったというので、そのトラウマさえも克服したのかと思いきや、そこは相変わらずであるらしい。

「だって、オーブンは火を直接見ないでいいし、コンロはＩＨがあるし。別に平気だもん」

遥は口を尖らせて兄を軽く睨むと、コッペパンの大皿を甫のほうに押しやった。

「それより！　俺のパン、食べてよ。俺さ、前に兄ちゃんがここ来たときにもドサクサで言ったけど、兄ちゃんがわざわざ残してきてくれた給食のコッペパンの味が忘れられなくて、コッペパン屋になろうって決めたんだから」

そんなふうに一生懸命自分に何かを勧める遥は、甫のよく知る昔の彼とまったく同じだった。

幼い弟が喜ぶからと、空腹を我慢して半分残してお土産にしたコッペパンを、遥がそこまで気に入っていたということ自体は、兄として心底嬉しい。

しかも、給食のコッペパンを持ち帰っていたのは、甫が小学五、六年生の二年間だけであり、当時、遥はまだ二、三歳だった。そんな幼い日の思い出を遥が大事にしてくれていたという事実には、何度聞かされても胸を打たれる。

その一方で、自分としては何の気なしにしたことが、弟の人生を致命的に狂わせてしまった……と自分を責めるのが、生真面目すぎる甫のややこしいところである。

「こんなことになるなら、コッペパンを残してきたりするんじゃなかった。俺がそんな迂《う》闊《かつ》な真似をしなければ、お前は今頃まともに医者を目指していたかもしれないのに」

難しい顔で吐き捨てる甫に、こちらはそうした兄の心を推し量るスキルを持ちあわせない遥は、形のいい眉をキリリと吊《つ》り上げる。

「あー、またそんなこと言う！　また最初っから、コッペパン屋の俺は全否定モード!?」

だが、売り言葉に買い言葉で甫が言い返す前に、おそらくは二人の心情がそれなりにわかるらしき知彦が割って入る。

「まあまあ、遥君。そんなに怒らない。せっかく大野木先生が来てくださったのに、いきなりケンカじゃつまんないだろ？」

「うー。だってさあ！」

「次に先生が来てくださったら、遥君のパンを食べて頂くって言ってたじゃないか。癇癪《かんしゃく》を起こしたら、それもできなくなっちゃうよ」

「……うん」

穏やかに諭《さと》す知彦に、遥は膨れっ面ながらも素直に頷く。知彦は、甫にも哀願するような目つきで言った。

「大野木先生も。……あの、遥君、先生が来てくださるのを、凄《すご》く楽しみに待ってたんです。それまでにもっと美味しいパンを焼くって、今日みたいな試作を毎晩のように繰り返していて」

「……それは、プロとしては当然の努力だ」

「そ、それはそうなんですけど。でも、あの。どうか……一度だけでも、一口だけでも、遥君のコッペパン、食べてあげてくださいませんか？　評価は、せめてその後に。お願いしますっ」

　オドオドしながら、それでも真剣にそう言って、きちんと正座した知彦は甫に頭を下げた。

「…………」

　お前に頼まれる筋合いはない。いつもの甫なら、そう切り捨てていたことだろう。だが、彼はその言葉を口に出すことができなかった。

　目の前に畏まっている知彦は、甫のよく知る控えめで従順な部下、愛想と面倒見のいい理学療法士である彼とはどこか違っていた。

　温和で、快活で、素直……そうした資質は少しも変わらないのだが、遥に対する保護者然とした言動と、遥を守るため、兄弟の間に敢えて立つ態度が、驚くほど知彦を頼もしく見せている。

　もとから体格のいい知彦だけに、顔を上げ、決意を込めた強い眼差しで甫を見つめるその姿は、実に堂々としていた。

（こいつは……俺が毎日のように、病院で叱《しか》りつけているのと本当に同じ男なのか……？）

　甫は、半ば気圧《けお》されて絶句したまま、知彦の視線を受け止めるのが精いっぱいだった。

　甫に対する敬意と、遥に対する愛情の板挟みで息苦しそうにしてはいるものの、知彦が二人のことを大切に思い、だからこそ、どうにか関係を修復させようと必死になっていることは痛いほど感じられる。

遥も、そんな知彦の態度に短気を引っ込め、パンの大皿を両手に持って、甫に突きつけた。まだ袖をめくったままの腕には、白い肌に火傷の痕《あと》がいくつもあり、彼のこれまでの頑張りを雄弁に物語っている。

「食べてみて。そんで凄くまずかったら、俺のことボロカスに言っていいから。ね、兄ちゃん。お願いだから」

ふわっとした前髪の下にある、つぶらで愛らしいくせに、やけに力のある瞳。その目に見つめられ、「お願い」と言われて無碍《むげ》に断れたことなど、これまでの人生でただの一度もない甫である。

「………わかった」

いかにもしぶしぶ、甫はコッペパンに手を伸ばした。

いちばん上に乗っていた、ピーナツバターをサンドしたものだ。

「そういえば、コッペパンと一緒に、小袋に入ったピーナツバターもよく持って帰ったな」

甫がそう言うと、遥の顔にはたちまち人懐っこい笑みが戻ってくる。

「うん。あれ、凄く好きだったんだ、俺。ちっこい袋に入ったジャムとか、チョコクリームとか、ピーナツバターとか。だからこれも、敢えてホイップクリームとかは合わせずに、シンプルな奴を挟んである。うちの店の一番人気だよ！」

「……ほう」

正座を崩さない知彦も、皿を持ったままの遥も、緊張の面持ちで甫を凝視している。二人の視線に落ち着かない気分にさせられつつも、甫は顰《しか》めっ面で、コッペパンを齧《かじ》った。

「！」

大きく噛み切った瞬間、既に、それが給食のパンとはまったくの別物であることを思い知らされる。

きつね色の皮は香ばしく、内部はふかふかと柔らかい。肌理《きめ》が細かくしっとりしていて、小麦の香りがふわりと口の中に広がった。柔らかいが、適度な弾力はあって、噛み心地も申し分ない。

「…………」

主張しすぎない優しい味のパン生地に、よく練って柔らかくした素朴なピーナツバターは完璧なコンビネーションだった。粗く刻んだピーナツも交じっていて、プチプチした食感がいいアクセントになっている。

無言のままで半分ほども食べ終え、甫は深い溜め息をついた。

ごくり、と知彦と遥が同時に生唾《なまつば》を呑む。

「……旨い」

ただ一言、甫は絞り出すように言った。

本当は、少しでも粗があれば、厳しく指摘してやろうと思っていた。これまでは、何か困難にぶち当たるとすぐに挫《くじ》け、兄に助けを求めてきた遥だけに、今回も中途半端なコッペパンに甘んじているに違いないと甫は高を括《くく》っていたのだ。

こんなものに人生を賭ける価値などない、即刻店などやめて、まともな人生設計を立て直せ、と言ってやるつもりだった。

だが、遥が出してきたコッペパンは、本当に旨かった。

無論、凝った食べ物とは言えないが、原料をうんと吟味して、愛《いと》おしんで作ったことがわかる、ほっと和む味だ。

初めて弟の「本気」を見せられ、兄としてはそれを認めざるを得ない。

しかも……。

「ホント!?　やった！　兄ちゃんが、旨いって言ってくれた！　兄ちゃんが旨いって言ったら、ホントに旨いんだよ、深谷さん！」

褒《ほ》められて輝くような笑顔になった遥は、昔のように兄に抱きつくのではなく、傍らでガチガチに緊張していた知彦に飛びついた。

「わっ、遥君、シチューが零《こぼ》れるから。……でも、よかったな」

卓上のスープボウルを気にしながらも、知彦は遥を受け止め、ホッとした笑顔で遥の小さな背中をぽんぽんと叩いてやっている。

その仕草を見ていれば、二人の関係の強さも、深さも、嫌というほどわかる。

(これまでは……遥が感情をぶつける相手は、俺だけだったのに)

これまでの二十二年間、甫だけのものだったポジションは、たかだか数ヶ月のうちに、部下の知彦に奪われていたのだ。

遥は、兄の甫ではなく、知彦を選んだ。

その動かしがたい事実を思い知らされて、甫の胸には、怒りとも嫉妬《しっと》とも悲しみともつかない感情が激しく渦巻いていた。

「……お前の努力はわかった。一定の成果を上げていることもな」

やっとのことでそれだけ言って、甫は立ち上がった。

一刻も早く、この場所を去りたい。その思いだけが、甫を動かしていた。

弟と部下に感情の乱れを悟られるなど、誇り高い甫には耐えられないことだった。そのためには、不作法だと思われても構わない。

「え？　に、兄ちゃん、夕飯食べてけばいいじゃん！」

「邪魔をしたな。……また、来る」

「ええー！」

遥の抗議の声を背中で聞きながら、茶の間を出て土間で靴を突っかける。靴べらがなかったので靴がまともに履けず、踵《かかと》部分を踏んだままで、甫はガラス戸を開けて外に出た。

「せ、先生、あの、これ！」

歩き出してほどなく、知彦が物凄い勢いで追いすがってきた。シャツ一枚で上着も着ておらず、靴を履く間も惜しかったのか、足元を見れば裸足だ。

「おい、深谷……」

さすがにビックリした甫が足を止めると、知彦は紙包みを甫の腕に押し込んだ。

「これ、他のコッペパンも二つ、入れてあります。明日の朝にでも召し上がってほしいって、遥君が」

「……っ」

何故お前が、遥の希望を代弁する。何故お前ごときが、遥の傍にいる権利を俺から奪えた。

思わずそう口走りそうになった自分の無様さに、甫の顔が歪《ゆが》んだ。

その表情を、甫が自分を不快に思っていると解釈したのだろう。知彦は深々と頭を下げ、広い肩を縮こめて詫《わ》びた。

「出過ぎた真似をしてすみません。あの、でも……遥君、凄く喜んでました。誰よりも、大野木先生に、コッペパンを食べてほしいっていつも言ってたんです。ありがとうございます」

「……帰れ。風邪を引く」

ありがとう、という言葉は、意地でも口にしたくなかった。

遥を頼む、とも、悔しすぎて言えなかった。

年長者として、上司として、甫が言えたのはただそれだけで、それでも知彦が嬉しそうに「はい」と返事をするのが、さらに甫を惨《みじ》めな気持ちにさせた。

それ以上何も言わず、振り向きもせず、甫は全速力で歩き出した。後ろを向かなくても、知彦がさっきと同じ場所で自分を見送っている気配がわかる。

その視線から逃れたくて、甫は必死に足を進めた。曲がり角を折れたところで、ようやくホッと息をつき、靴をきちんと履き直す。

「何を……やってるんだ、俺は」

白い息と一緒に、そんな自己嫌悪の声が漏《も》れた。

夜風はますます冷たく、紙袋からは、香ばしいパンの匂いがふわりと漂ってくる。

それが、いかにも幸せな団欒《だんらん》の象徴のように思えて、甫は唇を噛んだ。

いつまでたっても頼りない子供のままだと思っていた弟が、いつの間にか立派に成長していたことを素直に喜べない。

彼が昔のように自分の手と助言を求めることはもうなく、彼が必要としているのは、まったく別の……しかも自分より優れているとは思えない、実直さだけが取り柄の男であることが、限りなく腹立たしい。

自分がこれまで弟のために心を砕いてきたことのすべてが否定され、無視されたようで、やるせない思いが甫の両肩に重くのし掛かっていた。

無理矢理持たされたパン包みが邪魔だが、それを捨てて帰れるほど、甫は情のない人間ではない。大事な弟が、丹精込めて焼いたものなのだから。

かといって、それを誰もいない自宅でもさもさと食べる自分の姿を……一方で今頃、遥と知彦が温かな茶の間で、賑《にぎ》やかに食事をしているさまを想像すると、何もかもが虚《むな》しくなった。

（職場でも……プライベートでも、ひとり……か）

声に出すにはあまりにも寂しすぎる思いを抱き、甫は来たときよりさらに重い足取りで暗い路地を後にした……。

二章　思わず思われ

「何でもいい。とにかく強い酒を」

開口一番、そんな乱暴なオーダーをしてそれきり押し黙ってしまった甫を、初老のバーテンダーは訝《いぶか》しそうに見たが、敢えて何も問わず、ただ「畏まりました」と頷いた。

これがこの店の何よりの美点だ、と甫はしみじみ思う。

職場であるK医大に近い、繁華街の一角にある小汚い雑居ビル。その二階にあるこのバーに入ったのは、確か整形外科の医局食事会の帰り、通りがかりの気まぐれだったと思う。もう、かれこれ三年ほど前のことだ。

殺風景なビルの外観にそぐわない重厚なオークの内装と、カウンターだけのこぢんまりした空間が気に入り、少なくとも月に一度は通うようになった。

飲み友達を持ちあわせない甫なので、店にはいつもひとりで来る。自然とカウンター越しにバーテンダーと会話することになるが、個人的なことに関しては一度も詮索《せんさく》されたことがない。

そのくせ、当《あ》たり障《さわ》りのない短い会話の中から甫の人柄やその日の気分を探り当て、彼の好みに合うような飲み物を勧めてくれる。おかげで普段は、二、三杯でほどよくほろ酔いになり、リラックスした気分で帰途につくことができるのだ。

だが、今夜は事情が違う。

店に立ち寄ったのは、遥に会って千々に乱れた気持ちのまま、ひとりきりの自宅に帰りたくない、ただその一心からだった。

とにかくこの根深い憂さを晴らし、何も考えられず眠れる状態になりたい。そのためのアルコールを欲してやってきたのだ。

そんな思いさえ、客商売のプロには雰囲気から読み取れるものなのだろうか。

「……せめて美味しく召し上がって頂けるような、やけ酒をご用意致しました。どうぞ」

ごく控えめな慰めめいた言葉と共に、甫の前にショートグラスが置かれた。

カクテルは二層に分かれていて、見るからにもったりした褐色の下層は、おそらくクリーム系のリキュールだろう。

いつもはカクテルの名前やその起源について話が弾むことが多いのだが、バーテンダーは今夜、敢えてカクテルの名前を告げようとはしなかった。おそらく、甫が余計なことを聞きたくないというオーラを全身から発しているせいだろう。

ただ、普段なら一杯目にはさっぱりしたカクテルを出す彼が、いきなり重そうなものを作ってきたのは、「痛飲するなら、せめて乳脂肪で胃に膜を作ってから」という気遣いなのかもしれない。

「…………」

それに対する礼を言うのも億劫《おっくう》で、甫はグラスを手にすると、一気に中身を呷《あお》った。

やけに甘い。

そしてリクエストどおり、本当に強い。

とろりとしたリキュールが、喉《のど》をゆっくりと流れ落ちていく。

液体を飲んだはずなのに、口も喉も少しも潤わない。むしろ、甘さで口が渇き、アルコールで喉の粘膜が焼けるようだ。

その灼熱感は、苦痛と紙一重の奇妙な陶酔感と、軽い目眩《めまい》を甫にもたらした。

この苛立ちをどうしていいかわからないのだから、飲むしかない。

とことん飲んで、感情が鈍磨してしまえば、たとえいっときでも楽になるかもしれない。

そんな思いで、甫はただ一言、「次」と言い、グラスをカウンターに置いた。

いつもは酔いを他人に気付かれないうちにスマートに席を立つことにしている甫だが、その夜は予定どおり、まさに浴びるほど飲み、そして乱れた。

普段の甫なら死んでもしないことだが、途中で口が寂しくなり、袋からコッペパンを出して食べたりもした。日付が変わる頃には、客は甫だけになっていたので、バーテンダーも苦笑いでそれを許し、お相伴《しょうばん》までして「美味しいですね」と言ってくれた。

「そうだろう、俺の弟が焼いたんだ。世界一旨いに決まっている」

そんな馬鹿げた自慢をしたような気もするが、記憶が定かではない。この時点で既に、甫は相当酔っていた。

おかげで、閉店時間の午前二時にはすっかり出来上がってしまっており、カウンターに突っ伏して今にも爆睡しそうな勢いだった。まさに泥酔である。

バーテンダーは心配して階下まで付き添い、タクシーを呼んでくれようとしたが、甫はそれを突っぱね、歩いて帰ると言い張って千鳥足で歩き出した。

何故タクシーを拒んだのか、自分でもわからない。ただ、全身に回ったアルコールのせいで身体が火照り、雲の上を歩いているように足元がフワフワして、それがやけに愉快だった。

望みどおり脳までも酒びたしになって、もうまともな思考をするすべはない。

帰巣本能さえ消えて、ただ気の向くままに歩き回るうち、それすらも物憂くなってくる。細い路地を闇雲に渡り歩いた末、甫はとうとう地面に座り込んだ。

生ゴミのバケツや束ねた週刊誌が散乱した、けっして綺麗《きれい》とはいえない路上だ。そこに両脚をだらしなく投げ出し、黒ずんだビルの外壁にもたれて座るなど、本来は人一倍綺麗好きな彼だけに、ありえない所行《しょぎょう》だった。

「……どうにでもなれってんだ」

生ゴミの饐《す》えた臭《にお》いも、じっとり湿って汚れた壁も、ジワジワと身体に浸《し》みてくる夜の寒さも、少しも気にならない。

ゆっくりと瞼《まぶた》が降りてきて、視界が狭くなっていく。甫は、睡魔の甘い手に躊躇いなく意識を預け、眠りに落ちていった……。

しかし、そんな甫のやけっぱちな眠りは、ほどなく破られることとなった。

「あのう、大丈夫ですか？　具合、悪いんですか？」

どこか間延びしてのんびりした男の声に呼びかけられて、半ば夢の世界にいた甫は、ぼんやりと薄目を明けた。

「………あ？」

目の前に、若い男がしゃがみ込んでいた。

焦点の定まらない目に、ぼんやりと彼の顔が見える。

まだ若い……二十代前半からせいぜい半ばといったところだろうか。

どこへ持って行くのか、やたらに大きな花束を抱えているようだ。

「ああ、意識はあるんですね。よかった。ちょっとこのまま待っていてください。すぐ戻ります」

　穏やかな声でそう言って、青年は立ち上がった。彼の動きで巻き起こった風は、バラの香りを帯びている。どうやら、花束の主役はバラであったらしい。

　待っていろと言われるまでもなく、もう身体は思うように動いてはくれない。睡魔は素早く帰ってきて、甫の意識をさらに混濁させる。

「…………」

　甫は再び、心地よいアルコールのもたらす眠りに身を委《ゆだ》ねようとした。

　ところが。

「ああ、ちゃんと待っていてくれましたね。よかった」

　さっきの声がまた聞こえて、軽く頬を叩かれ、甫はまたもや覚醒《かくせい》する羽目になった。

「う……る、さい……」

　重い手を持ち上げて男の手を払いのけようとすると、その手をギュッと握られた。

　大きな、荒れた手だった。ざらざらの指先を、手の甲に感じる。

「うるさくても何でも、こんなところで寝たら……って、あれ？　もしかして、大野木先生、ですか？」

「!?」

　いくら泥酔していても、相手が同僚や患者だと非常に不都合だという程度の考えは浮かぶ。甫は必死で目を凝らし、相手の素性を確かめようとした。

「ああ、やっぱり大野木先生だ」

酷く嬉しそうに自分の名を呼ぶ男は、こんな夜更けにエプロン姿だった。あるいは、近隣の飲食店の店員だろうか。そう思いながら眼鏡の奥の目を細め、相手の顔に注目する。

見覚えが、あるような気がした。

ごく緩い癖のある長めの髪をうなじで結んだスタイル。

凪《な》いだ水面を思わせる、静かに澄んだ黒目がちの瞳。

すっきり通った鼻筋。

そして、いつも淡い笑みを浮かべている唇。

(誰だったか……つい最近、会ったような……)

そんな甫の心を読んだかのように、青年はクシャッと笑みを深くして言った。

「こんばんは。病棟で時々お目にかかる、花屋です」

「……ああ」

酔いが、一瞬にしてすうっと引いた。甫は頷きつつ、冷や汗が背中を伝うのを感じた。

あちこちの病棟に出入りする花屋に、今の自分の醜態を言いふらされたら……。

病院で見かけたときには好人物のように見受けたが、だからといってゴシップ好きでないとは限らない。

（ここから……逃げないと……）

今さら逃げてもどうしようもないのだが、そこは醒《さ》めたつもりでも立派な酔っぱらいの愚かな発想である。甫は慌てて身をもがいた。しかし両脚からはとうに力が抜け、愛想程度に地面を蹴《け》るばかりだ。

「大丈夫、僕がお送りしますよ」

甫が立とうとしていると解釈したのだろう。そんな言葉と共に、片腕が背中に回され、抱えるようにして上体を支えられる。

「いら……ない」

拒否の言葉を吐いてみたものの、そんなことにはお構いなしで、男……花屋は甫を抱えたまま、ゆっくりと立ち上がった。どちらかといえば細身のくせに、意外と腕っ節は強いらしい。

「あーあ、せっかくのスーツがドロドロですよ。怪我はないようですけど、転んだりしませんでした？　痛いところはないですか？」

気の毒そうに言って、彼は甫を支えて歩き出そうとした。

立ち上がっただけで、視界がグルグルしている。

気持ちが悪い。動きたくない。

そう伝えようと、甫はどうにか嗄《しゃが》れた声で訴えた。

「放っておいて……くれ」

だが、花屋の青年は決して甫の身体を離そうとはしない。

「そうはいきません。心配ですから」

「し、んぱ……い？」

「そうですよ。こんな状態のあなたを心配しない人なんていませんせん」

きれい事を言いやがって。

耳元で優しく諭す声に、甫は理不尽なむかっ腹を立てた。

人前では「大野木先生がいらしてから、職場が活気づきました」と褒めそやすリハビリ科の同僚たちが、陰で自分を暴君、人でなしと貶《けな》していることなど百も承知だ。

兄ちゃんがいなければ駄目だと言っていた弟の遥は、甫をあっさり捨てて、彼の部下を代わりに頼るようになった。

たとえ知らないことだったとはいえ、忠実な部下だったはずの知彦は、甫を出し抜いて、遥をすっかり手懐《てなず》けてしまっていた。

本当に誠実な人間などいない。

目の前のこの温厚な男も例外ではない。今はこんな親切面をしていても、明日になれば、きっと今夜のことをあちこちの病棟で面白可笑しくぶちまけるに違いない。

誰も彼もが、甫を裏切り、陰で嘲笑《あざわら》っているような気がした。

（俺はもう騙《だま》されない。絶対に、誰も信じたりしないんだ……）

酔いのせいではなく、怒りと悔しさで胸がムカムカした。

「……んなはずがあるか」

「え？」

「俺の……ことなんか……心配するやつが……いる、はず、が、な……」

「ここにいますよ」

やけに力強く断言し、男は甫を抱いたまま、至近距離で顔を覗き込んできた。優しげな顔立ちをしているくせに、瞳には魅入られるような強い力がある。

「な……」

「僕は、あなたが心配ですよ。それでいいですか？　じゃ」

そう言うなり、彼は素早く甫から手を離し、背を向けてしゃがみ込んだ。いきなり支えを失った甫は前のめりにくずおれ、見事に男の背中に倒れ込んだ。

「我ながらナイスキャッチでしたね。よい、しょっ、と」

満足げに言った男は、甫の身体を背中の上で器用に動かし、両腿《りょうもも》を抱えて背負った。そして、気合いを入れて立ち上がる。

甫は決して小柄ではない。むしろ、長身の部類に入る。

だが、そんな甫より頭半分背が高い花屋の青年は、さすがに軽くよろめきはしたものの、しっかりと地面を踏みしめて立った。

どうやら、甫をどこかへ運ぶつもりらしい。

放っておいてくれといくら言っても、この男は聞き入れるつもりはないようだ。

ただ、いくら花屋ということはわかっていても、名も知らない男に背負われているのはどうにも具合が悪い。相変わらず鈍麻したままの意識の片隅でそう思った甫は、むかつきをこらえて問いかけた。

「お前……誰、だ？」

「僕ですか？　ですから花屋……って、ああそうか、名乗ったことはありませんでしたっけ。九条《くじょう》です」

「く……じょう……？」

「はい。……いいですよ、名前を覚えてくださるのは酔いが醒めてからで。眠いんでしょう？　かまわないから寝ていてください」

そう言って、男……九条は、力を失い、ずり落ちてくる甫の身体を、優しく揺すり上げた。おかげでようやく体勢が安定し、甫は九条の肩に頬を押し当てた。再び猛烈な睡魔が襲ってくる。

「どこ、へ？」

「ちゃんと、お布団までお連れしますから。安心しておやすみなさい」

「ど……この……？」

「大丈夫。何も心配いりませんよ」

優しく、しかし妙にきっぱりと九条は言い切った。彼の足取りは確信に満ちて安定しており、規則的な揺れが、甫の尖った心を少しずつ宥《なだ》めてくれる。

「そんな、世界にひとりぼっちみたいな顔をしなくても大丈夫。僕がいますよ」

知らない男に背負われて、安心も何もないはずなのだが……囁《ささや》くようなその声はひたすらに優しく、耳に心地よい。

奇妙な安らぎと温もりを感じつつ、甫の意識はゆっくりと沈んでいった……。


とはいえ、ずっと平穏な道のりとはいかず、途中、九条の背中に揺られて気分が悪くなった甫は、一度吐いた。

それも、訴えが間に合わず、九条の背中で盛大に吐いてしまった。

それでも九条は少しも怒らず、むしろ甫が吐瀉物《としゃぶつ》で窒息しないかを心配して、わざわざ路肩に甫を下ろし、自販機で買った水を飲ませてくれたりもした。

「もう少しですからね。また、気分が悪くなったら言ってくださいい」

そう言われて頷いたのは覚えているのだが、そこでまた意識がふっつり途切れたらしい。

次に目が覚めたとき、甫は洋式便器に頭を突っ込んでいた。

鼻につく独特の臭気は、自分の吐いたもののせいだと気付く。そして、背中を撫《な》でてくれる大きな手にも。

「……はあっ……」

荒い息を吐くと、喉が荒れているのがわかった。

まだ胸がむかむかするが、吐きまくって少しスッキリしている。そんな甫の状態を察してか、九条は「座ってみますか？」と甫の肩に手を添え、抱え起こしてくれた。

そのまま壁に背中をもたせかけるように甫の体勢を整えると、九条は小さな子供に言い聞かせるように、ゆっくりと言葉を句切りながら言った。

「汚れてしまいましたね。そのままで。いいですね？　絶対に動かないでくださいよ。危ないですから」

「……ん……」

グッタリと床に座り込んだまま小さく頷く甫をそのままにして、九条はトイレから足早に出て行き、ほどなくあれこれと抱えて戻ってきた。

「そのままじゃ、口元がかぶれてしまいそうですから。綺麗にしましょうね。はい、ここは狭いですから、こっちに出ますよ～」

母親めいた言葉を口にして、九条は少し苦労しつつ、甫をトイレから連れ出し、廊下の壁にもたれさせた。そうしてから、吐瀉物で汚れた甫の顔を蒸しタオルで丁寧に拭《ぬぐ》っていく。

「……俺の……めがね、は？」

「汚れちゃったんで、外しました。あとで綺麗に洗っておきますよ」

「ん……」

ちょっと熱いくらいのタオルと、九条の手の優しさがやけに心地いい。甫は目をつぶり、ぼんやりとされるがままになっていた。

「さあ、できた。……もう、気持ち悪くないですか？」

喋るのが面倒で、甫は小さな唸《うな》り声を上げる。

「そう。じゃあ、ついでにここで、汚れた服を着替えちゃいましょう。はい、腕を上げて」

そんな声がして、ジャケットを脱がされ、緩めていたネクタイが抜き取られ、ワイシャツの裾がたくし上げられる。壁から離された甫の身体は、大きく前に傾《かし》ぎ、それを九条は慌てて自分の身体で受け止めた。ぐらぐらと定まらない頭を九条の胸に預けたまま、甫はのろのろと腕を上げる。

「はいはい、そんな感じで。よいしょ……っと」

片腕と自分の胸で甫の上半身を支え、九条は器用にワイシャツとTシャツを脱がせた。そして、持参した綺麗なTシャツを着せ、次にベルトに手を掛けた。

「……っ」

酔っていても、さすがに下半身まで剝《む》かれるのは恥ずかしい。抵抗しようとした甫の手をそっと押さえて、九条は諭すように言った。

「こんなものを着ていたら、リラックスして眠れないでしょう？　ジャージに履き替えさせるだけですから。暴れないでそのままにしていてください。ちゃんと上手に着せますよ」

「………」

そう言われても、子供のようにパンツの前を外され、脱がされるのはたまらなく恥ずかしい。甫は酷く重く感じられる足をもぞもぞさせて、少しでも早くパンツを脱ぎ捨てようとした。躍起《やっき》になる甫に、九条がクスリと笑う。

「ご協力、ありがとうございます。でもじっとしていていいですよ。そんなに動いて、また気分が悪くなると困りますからね」

「う……」

「そうそう。……はい、お尻だけ一瞬上げてください」

まるで子供扱いで指示されて、しかも言われたとおりにせざるを得ない。甫がどうにかこうにか腰を僅《わず》かに上げたタイミングを絶妙にはかって、パンツをスルリと脱がされた。

肌寒さに身震いすると、「すぐに着せますから」と宥められる。

些細な動作の一つ一つで、この男は甫の心の声をやすやすと聞き取ってしまうらしい。

もう一度、甫に腰を上げさせ、九条は甫にジャージを穿《は》かせた。そして、満足そうに

「これでずいぶんさっぱりしたでしょう？　吐き気も少しは落ち着きましたか？」

九条の胸にぐったりもたれたままではまったく説得力がないのだが、甫はボソボソと答えた。

「うん」と頷く。

「もう……吐かない。酔いは醒めた」

九条の小さな笑いが、胸壁を微《かす》かに震わせ、押し当てられた甫の額に伝わる。

「そりゃよかった。でも、気分が悪くなったら我慢しないで言ってくださいね。……では、お約束どおり、お布団までエスコートしますよ」

確かに、最悪の状態よりはマシになったという意味では「酔いは醒めた」かもしれないが、正気にはほど遠い状態の甫である。

やはり九条に全面的に抱えてもらい、甫はヨロヨロと立ち上がった。廊下の奥の和室に運び込まれ、既に敷いてあった布団の上に横たえられる。

もう、身体のどこにも力を入れていなくていい安心感に、甫の口から、思わず溜め息が漏れた。

「帰り道から何度も吐いたし、水分を補給しておいたほうがいいですね。飲めますか？」

そう言って、九条は甫の頭を少し持ち上げ、スポーツドリンクを飲ませてくれた。ほどよく冷えた薄甘い液体が、吐瀉物で荒れた喉を心地よく流れ落ちていく。

「本当は歯も磨いてあげたいところですけど、歯ブラシを突っ込んでオエッとなっちゃうと逆効果ですから。とりあえず、酔いが醒めるまでは我慢してください」

そんなマメなことを言いながら、九条は甫の身体に布団を着せかけた。

「ここ……は？」

「僕の家ですよ。ホテルも考えたんですけど、そんなところで吐くと、後で気まずいでしょう？　うちはあばら屋ですから、何でも来いです。安心してください」

「………」

「気分、まだ悪いですか？」

「わるい」

掠《かす》れた声で答えた甫に、九条は溜め息をついた。

「ですよね。可哀想《かわいそう》に」

そう言ったかと思うと、九条はいきなり、甫の傍らにごろりと横になった。言うまでもなく、一つ布団で横並び……である。さすがの甫もギョッとして、閉じかけていた瞼を開く。

「な……にを、してる」

甫に訝しまれた九条は、やはり微笑を浮かべたまま、あっさり答えた。

「添い寝ですよ。この家には布団は一つしかありませんから、僕も寝《やす》ませて頂こうと思うと、どうしてもこういうことになります。それに、あなたをひとりで寝かせておくのは、まだちょっと心配ですからね」

「余計な……世話、だ」

「すみません。でも、こうして見ていないと、僕が不安なものですから。好きにさせてやってください」

「…………」

一つ布団といっても、甫は布団の中、九条は布団の上に横になっているので、掛け布団一枚が障壁の役目を果たしている。

そのことに少しだけ救われた気持ちで、甫は手枕でこちらを向いて横たわる九条の顔を、初めてまじまじと見た。眼鏡はないが、距離が近いので、少し目を細めるだけで十分に見える。

さりげなく綺麗な顔立ちの男だというのが、第一印象だった。

形のいい額は知性的だが、緩く波打った髪も、いつも笑っている目と唇も、すべてが柔らかい温かみを見る者に与える。おかげで、いくら酔っているといっても、見知らぬ他人に限りなく近い男に同衾《どうきん》寸前の距離まで近づかれても、大暴れで拒否するほどの危機感が湧《わ》いて来ない。

それでも、さっき感じた腹立ちが残っていたのか、甫は至近距離でニコニコと自分を見ている九条を軽く睨んだ。

「……にが、……だ」

「はい？」

ボソボソした甫の声が聞き取れなくて、九条はさらに身体を甫に近寄せる。甫は、もう少しだけ腹に力を込めて、同じ問いを発した。

「何が、望みだ」

目の前で、九条のつぶらな瞳がパチンと大きく瞬《まばた》きする。

「望み、ですか？」

「何の理由もなく……他人にこんなに親切にしないだろう。とことん観察して……俺を笑い話のネタにするのか……？　それとも、写真でも撮って、強請《ゆす》る気か……？　あるいは、もっと悪質な……」

「ふふっ」

九条の溜め息のような笑いに、甫の言葉は遮られる。

「何が……おかしい」

「おかしいですよ。こんなにボロボロのあなたに、これ以上、何ができると言うんです？」

「俺が……ボロボロ……？」

心外すぎる形容詞に、甫は絶句する。九条は頷く代わりに、空いた片手を甫に伸ばした。

目元に乱れかかる前髪を、指先でさらりと掻き上げる。

「どうしてあんなに酷い酔い方をしたのか、理由は聞きません。でも、病院でお見かけするときはこのうえなく冷静で堂々としたあなたが、こんなになるなんて……よっぽどきついことがあったんでしょう？」

「……別に。つまらんことだ」

じっと見つめられることに耐えかねて、甫は視線を逸らした。

九条の澄んだ眼差しは、どこか弟の遥に似ている。無邪気で純粋だが、相手に嘘を許さない厳しさも持った、そんな瞳だ。

「とにかく、俺は……借りは、好かん」

どうにかそれだけ吐き捨てた甫に、九条はクスクス笑った。

「なるほど。あなたらしい。……僕がこのまま何も要求しないほうが、あなたにとってはストレスなんですね？」

「……そうだ」

甫は小さく頷いた。

泥酔状態から浮上するにつれて、羞恥《しゅうち》と後悔と自己嫌悪が押し寄せてくる。正直、飲む前より気分も状況も悪化していた。

この上、病院出入りの花屋に借りを作るくらいなら、たとえどんな大金を要求されても、ここでけりを付けておいたほうが後腐《あとくさ》れがなくていい。

そんな思いで、甫は「いくらほしい」と付け加えた。

すると九条は、酷く悲しそうな顔で甫を見やり……しかし、微笑は消さずに囁くように言った。

「僕は……お金は要《い》りません。幸い、困らない程度には、稼がせて頂いてますから。……でも……そうですね。小さなお願いをいくつかしても？」

「……好きにしろ」

やけっぱちの思いでそう言った甫に、九条は嬉しそうに言った。

「では、まずは僕の名前を覚えてください。僕は九条夕焼《ゆうや》というんです」

「……ゆうや……？」

「そう。夕焼けと書いて、ゆうや。夕焼けが綺麗な日に生まれたから、父がそう名付けたんです。気障《きざ》ですけど、気に入ってる名前なので……あなたにも覚えてほしいなと。よろしいですか？」

甫は、徐々に重くなってきた瞼をそのままに、気怠《けだる》く頷く。

「もう……覚えた。それから？」

「あなたを慰めて、甘やかす権利を僕にください」

「…………何？」

「へこんでいるあなたを慰めて、寂しがっているあなたを甘やかす権利を、僕に。それで、あなたの仰る『借り』は帳消しにします。いいですか？」

「お前が言っている意味が……よく……わからない」

アルコールの分解が始まったらしく、脳に上手く血が回っていない気がする。とにかく眠くてたまらなくて、甫の意識はまた混濁を強めていく。

「では、実践しましょうか」

そんな言葉と共に、ふわりと布団が持ち上げられた。

「？」

何をする気だと問う前に、九条は布団に入ってきて、甫の身体を緩く抱いた。ここまで自分をずっと支えてくれた強い腕が、うなじの下に差し入れられる。

暖かな布団の中にいても、人の体温に包まれたことは感じられた。

「な……に、を」

「いいから。目をつぶっていてください」

耳元で囁かれ、せっかくこじ開けた瞼を、片手で塞がれる。その手は、ゆっくりと甫のシャープな頬を撫でてから、額《ひたい》に当てられた。大きな温かい手が、前髪を掻き上げるようにして、ゆっくりと頭を撫でていく。

「………」

その驚くほどの心地良さに、甫は思わず息を吐いた。

誰かに触れられるのは、本当に久しぶりだった。

体温に不慣れなわけではない。外来での診察においては、毎日のように患者の身体に触れている。

だが、誰かの手に自分の身体……特に顔や髪を優しく撫でられるなど、長らく忘れていた感覚だ。

数年前に、結婚を前提につきあっていた恋人と破局して以来、そこまでの深い関係は、誰とも結んでいない甫である。

両親や親類は時折縁談を持ってくるし、ルックスと社会的地位が両方揃った甫だけに、もてないわけではない。だが、どうにも面倒くさいという気持ちが先に立って、恋人を持つ気になれなかったのだ。

独り寝にすっかり慣れた身体には、たとえ相手が男でも、他人の体温や服の匂いがやたらと新鮮で、懐かしいような気がした。

「こうされるの、気持ちがいいですか?」

ゆったりと頭を撫でる動作を繰り返しながら、九条は囁き声で問いかけてくる。甫は、目を閉じたまま素直に答えた。

「……悪く……は、ない」

「僕も気持ちがいいです。あなたの髪が、こんなに柔らかいなんて思わなかった。まるで、チンチラでも撫でているようですよ。それに、あなたのつむじは、まるで花のつぼみみたいに綺麗に渦を巻いてますね。素敵だなあ」

そんな馬鹿馬鹿しいことで褒められたのは、初めてだ。

しかし今は、そんな九条の他愛ない言葉と優しい手が、酒で余計にささくれてしまった甫の心を、不思議なほど容易《たやす》く宥めてくれる。

甫の様子が落ち着いてきたのを見て取ったのか、九条はこう言った。

「何も考えず、このまま眠るといいですよ。僕がずっと見ていますから、安心して」

見なくていいから、お前もとっとと寝ろ。そう言いたかったが、睡魔に支配された身体は、すでに言葉一つ発することができなくなっていた。

「……おやすみなさい」

優しい挨拶と共に、まぶたに温かなものが触れる。

それが九条の唇だと認識するのとほぼ同時に、甫の意識は眠りに落ちていった……。

＊　　＊

「…………ッ」

目が覚めるなり、いや、正確にはその少し前から、猛烈な不快感に襲われる。

暖かな布団の中で、甫は口元を押さえて呻《うめ》いた。

口から胃がズルズルと出て来そうなむかつき。

そして、大脳が頭蓋骨《ずがいこつ》にタックルしているのではないかと思うほど、ガンガン痛む頭。

自分の吐く息が、アセトアルデヒドの臭気を帯びていて、呼吸するだけでさらに気分が悪くなる。

見上げた見慣れない杉板の天井が、ゆっくりと回転している気がする。

絵に描いたような、見事な二日酔いだ。

苦痛に耐えかねて目を閉じ、こみ上げる吐き気をやり過ごそうとしていると、医大生時代、皮膚科の講義中に聞いた話をふと思い出す。

人間は、痛みには意外と耐えられるものだが、痒《かゆ》みには耐えられない。鞭打たれるよりも、全身に蕁麻疹《じんましん》が出るほうがうんとつらいのだ……と、何故か妙に得意げにそう語った小太りの講師の顔を思い出し、甫はゲンナリと溜め息をついた。

(畜生。痒みがどうだか知らないが、痛みだって相当耐え難いぞ。どうしてくれる)

何の罪もないその講師に悪態をつきつつ、甫は少しでも楽な姿勢を探そうと寝返りを打った。

まったく、何という愚行を働いてしまったのだろうと後悔の念がこみ上げる。

こんな酷い二日酔いは、二十歳になったばかりの頃……まだ自分の酒量を知らず、大学のコンパで無茶な一気飲みを強いられたとき以来だ。

（確か、店を出てから延々と歩いて……そうして、どうしたんだったか……というか、今俺は、どこにいるんだ……？）

そこでようやく、自分がいるのは自宅でないことに思い至り、甫は必死で昨夜の記憶をたぐり寄せた。

そして……思い出した現実に、死にたい気分になる。

自分が、病院出入りの花屋、九条に拾われ、彼の自宅まで連れ帰られたこと、さんざん吐いて彼に介抱して貰ったこと、そればかりか、添い寝までしてもらって安らかに眠りについてしまったこと……。

「なんて……ことだ」

甫は呻いた。

日頃からたまっていたストレスを、遥と知彦の仲むつまじい姿で一気に増幅され、腹立ちまぎれに酒を呷った。その結果がこれだ。

気分が晴れるどころか、厄介が倍になり、体調が百倍悪くなっただけではないか。

「くそ……やけ酒なんて、何の役にも立たないじゃないか」

そんな誰にともない悪態を口にして、甫はゆっくりと目を開け、周囲を窺った。

幸い、隣に寝ていた九条の姿はない。

枕元に眼鏡が置いてあったので、それをかけて視力を確保してから、甫は頭を動かさないようにして、室内を見回した。

彼のいる和室は六畳ほどで、片隅に小さな箪笥《たんす》と、文机があるだけだ。文机の上には、帳簿らしきノートが数冊積み重ねてあり、ノートパソコンが置いてあった。

天井は濃い褐色になった杉板で、ぶら下がっているのはクラシックなガラスシェードの、丸い蛍光灯だった。

いかにも古い家の様相だが、九条か家族がきれい好きなのだろう。室内はきちんと片付いていて、ほこり一つ落ちていない。床の間には、さすが花屋というべきか、赤いサザンカの花がただ一輪、生けてあった。

「……ふう……」

とにかく室内に自分に害を与えそうなものがないことを確かめ、甫はひとまずホッとして身体から力を抜いた。

まだまだ眠れそうだが、障子の向こうからは朝の光が差し込んでいる。

いくら具合が悪いといっても、他人の家でいつまでも惰眠《だみん》を貪《むさぼ》っているわけにはいかない。

持ち前のお堅いモラルが戻ってきて、甫は片手を布団に突き、そろそろと身を起こした。

「う……っ」

それだけの動作で、むかつきも頭痛も倍増する。思わず挫けそうになったそのとき……。

パチン。……パチン。

甫は、階下で何やら音がするのに気付いた。

二日酔いの頭にも、やけに小気味いい、不思議にやわらかな金属音だ。

「……何の音だ？」

音の正体と出所が気になって、甫は四《よ》つん這《ば》いでゆっくりと部屋を出た。そのまま、ずるずると廊下に這《は》い出す。

音はどうやら、階下から聞こえてくるようだった。階段は下のほうで九十度曲がっていて、階下の様子を二階から見ることはできない。

（いったい……下で、誰が何をしているんだろう。九条か……？）

何か見えないかと、甫は階段のいちばん上の段に手を付き、身を乗り出そうとした。

だが、普段ならいざ知らず、それは二日酔いでバランス感覚の危うい人間が試みる体勢ではなかった。

「あっ！」

力の入らない手が、ズルリと滑《すべ》り、身体が前にのめる。そこからは、絵に描いたような流れだった。

甫はまるでナメクジのように這いずった姿勢のまま、階段を頭から滑り落ちた。もがこうとしても、まだ覚醒しきらない身体は上手く動かない。

「う……うわ、あ、あっ、あだッ！」

驚きの声は、顎《あご》をしたたかに階段に打ち付け、悲鳴に変わる。

「え？　どうし……わあっ」

階段の下に顔を出した九条は、上からサーフボード並みのスピードで落ちてきた甫に血相を変えた。

「大野木せ……わあぁ！」

「ぎゃッ」

顔面から床に突っ込むのを覚悟して、甫はギュッと目をつぶる。だが、すんでのところで、九条は甫を受け止めた。そのまま、突っ込んできた甫を抱き締め、後ろにひっくり返る。

ごん！　と、九条が後頭部を壁にぶつけた嫌な音がした。

「あ……」

「いったー……！　大丈夫ですか、大野木先生。まさか、二階から転げ落ちてくるとは思いませんでしたよ」

苦悶《くもん》の声を上げつつも、九条は甫を心配する。

「すまん。バランスが狂った。それよりお前は……？　つっ……ぅ」

　昨夜と違って、一応正気の甫である。さすがに詫びの言葉を口にしつつ、身を起こそうとした。だが驚きで一瞬忘れていた吐き気と頭痛がたちまちぶり返し、身動きできずに呻く羽目になる。

　甫の顔色で事態を察したのだろう、九条は苦笑いで後頭部をさすった。

「ちょっと頭をぶつけましたけど、ちょうどバンダナの結び目に救われました。……二日酔いなんでしょう？　昨夜は酷かったから」

「う……うう」

「ゆっくりでいいですよ。起きられますか？」

「大丈夫、だ」

　頭痛をこらえてどうにか起き上がった甫は、九条から離れ、床に座り込んだ。足を投げ出し、背中を壁にもたせかける。

　人に詫びるには尊大すぎる体勢だとわかってはいたが、他にどうしようもなく、甫は立ち上がった九条を見上げ、ボソリと謝った。

「昨夜は……すまん。世話になった」

「いいんですよ。意外と早いお目覚めでしたね。そろそろ一度、起こしてあげないといけないだろうと思っていたところだったんですけど」

相変わらずのやわらかな笑顔でそう言いながら、九条は土間に降りた。

そこには、箱に入った花や、バケツに放り込まれた花が大量にある。土間の向こうが、店舗になっているようだった。

九条は、スツールに腰掛けて、さっき甫の悲鳴が聞こえたとき、床に放り出してしまったらしき花を拾い集めながら言った。

「今日はお休みすると、医局に僕から電話してもいいですか？　それとも、ご自分でなさいますか？　そろそろ始業時間でしょうから、どちらにすればいいか伺おうと思っていたところなんです」

それを聞いて、甫はまなじりを吊り上げる。

「馬鹿を言うな。出勤、する」

だが九条はそれを聞いて、呆《あき》れ顔で笑った。

「何を仰るんですか。無理ですよ、そんな状態ではお仕事なんて」

「二日酔いは……病気じゃない。健康体なのに職務を怠るわけにはいかん」

今にも死にそうな顔で正論を語る甫に、九条は「困った人ですねえ」と苦笑しながらこんなことを言った。

「では、その格好で……僕のジャージで出勤なさる度胸がおありなら、どうぞ」

思わぬ台詞に、甫は目を剝く。

か？」
「だって大野木先生、昨夜、僕の背中で吐いたでしょう？　覚えてらっしゃらないんです
愕然《がくぜん》とする甫に、九条は常識を語るような淡々とした口調で説明する。
「な……何っ……？　お、俺の服をどこにやった!?」

「いや……そ、それは覚えている。……まことに失礼した」
「いえいえ。悪酔いして吐くのはよくあることですから、謝って頂く必要はないですよ。
ただ、あのとき、お召しになっていた服がすべて汚れてしまったんです。スーツもネクタ
イもワイシャツも、酷い有様で。だから今朝いちばんで、僕が近所のクリーニング屋に出
しておきました」
「な……っ」
「それから靴にも吐瀉物がついてましたから、今、綺麗に拭《ふ》き取って乾かしています。靴
は昼過ぎには何とかなるでしょうけど、服はクリーニングが仕上がるのが夕方ですから、
それまではそのジャージで過ごして頂かないと」
「誰が……そんなことをしてくれと頼んだ……」
せめてもの反撃を試みる甫だが、九条はにっこり笑ってそれを受け流した。
「だって、あんないいスーツを家で洗うわけにはいきませんし。染みになってもいけない
と思って、大急ぎで店に持って行ったんですが、思わぬ効果もありましたね」

「思わぬ……効果……」

「どう考えても、その状態でお医者さんのお仕事は無理なのに、あなたは意地を張って出勤すると仰る。でも、まともな服がなければ、ここから出られません」

「何て……ことだ」

「あはは、これじゃ、まるで天女の羽衣ですねえ」

「……笑っている場合か！　……つっ……」

悔しさと気恥ずかしさと苛立ちが相まって思わず声を荒らげた甫は、たちまち頭痛で呻く羽目になる。まるで、誰かがハンマーで、頭を内外からガンガン打っているような感覚だ。

悔しいが、確かにこの状態で出勤しても、医師としての業務がまともにこなせるとは思えない。また気分が悪くなって職場で醜態を晒《さら》すよりは、今日のところは節を曲げても欠勤したほうがよさそうだ。

そんな心の動きを、どうしてだか正確に読み取ったらしい。九条はニッコリしてこう言った。

「そうなさったほうがいいでしょうね。電話を済ませたら、もう一眠りしたほうがいいですよ。まだ、顔が土気色ですから」

「いくら世話になったからといって、そこまで余計な指図を受ける気はない」

「……ですよね。失礼しました。では、電話をどうぞ」

傍らにあった電話の子機を差し出し、九条は綺麗に笑う。

「……借りる」

昨夜からやり込められ放しの自分が悔しくて、甫はそれを引ったくった。

医局に、体調不良で欠勤すると連絡すると、電話に出た秘書は酷く驚いた様子だった。これまで一度もそんな理由で欠勤したことのない甫なので、おそらく受話器を置くなり、「鬼の霍乱《かくらん》」だと言われていることだろう。

とにかく、緊急事態が生じたら携帯電話に連絡するように言って、甫はさっさと通話を切った。詳しい「病状」を説明する気はなかったし、自分の声が頭に響く有様なのだ。

子機を置いた甫だが、そのまま二階へ戻って寝直そうとはしなかった。ただ、同じ姿勢で、作業をする九条の姿をぼんやり見ている。

じっとしていれば頭痛も吐き気もマシなので、動く気がしないというのが一つ、そしてもう一つの理由は、九条の花屋としての仕事にいささかの興味があったからだった。

そんな甫に、九条は不思議そうに問いかけた。

「寝ていなくて大丈夫なんですか？」

「……見られて迷惑なら、戻る」

「そんなことはありませんよ。いつもひとりぼっちで寂しく作業をしているので、あなたがいてくださったらとても嬉しいです」

　まったくてらいのない言葉を口にして、九条は立ち上がり、壁のフックに掛けてあったジャンパーを取った。それを、甫に差し出す。

「ここはけっこう冷えますから、着ていてください。本当に体調不良になってしまっては困りますし」

「……借りる」

　確かに、ガランとした土間から冷気が入り込み、甫のいる板の間もかなり冷え込む。甫は素直にジャンパーを受け取り、羽織った。

　体格の差を知らしめるように、ジャンパーは甫には少し大きかった。袖からは手の甲が半分しか出ないし、前もずいぶん余っている。仕事のときに、九条が着ているものなのだろう。ジャンパーはどこか青臭い植物の匂いがした。

「仕事が一段落したら、朝ご飯の支度をしますからね」

「……いい。食えそうにない」

「二日酔いでも、味噌汁なら入るといいますよ。僕は経験がないからわかりませんけど、何かお腹に入れたほうがいいでしょう」

「……味噌汁のことなど、考えたくもない」

　味噌汁の味を思い出しただけで、喉の奥から酸っぱいものがこみ上げてくる。思わず口元を押さえた甫に、九条が少し慌てたように作業の手を止めた。

「ああ、僕が迂闊なことを口走ったから。だ、大丈夫ですか？」

「大丈夫だ。……気にせず、続けてくれ」

「本当に？　具合が悪くなったら、我慢せずに言ってくださいよ。二階までお連れしますから」

そう言いながら、九条は作業に戻る。

細長い紙箱から、淡いピンク色の花びらがたくさんついた花を、一輪ずつ丁寧に取り出し、束ねていく。その優しい手つきに、昨夜、自分に触れた九条の手の感触が甦《よみがえ》り、甫の胸に羞恥がこみ上げた。

（あの手が俺を支えて……背中をさすって、頭を撫でて……）

思い出しただけで、頭をぶんぶん振りたいような気分になるが、そんなことをしては本気で自殺行為だ。代わりにそこから気分を逸らすべく、甫は問いを口にした。

「その花は？」

九条は、甫を見ないまま答える。

「ガーベラです」

「ガーベラ……。名前だけは、聞いたことがあるな」

「キク科の花なんです。またの名をアフリカセンボンヤリというとおり、アフリカでは野生のガーベラが生えているそうですよ」

「……そうか」

「ええ。ハウス栽培で一年中出回っていますし、値段も手頃ですし、色もカラフルですからね。ご覧になる機会も多いと思います」

「………」

立て板に水の説明と、耳に心地よい声を聞いていると、だんだん眠気がぶり返してくる。少しぼんやりしていた甫の耳に、九条のこんな言葉が聞こえた。

「このガーベラ、花が大きいし茎も太いし、いかにも堂々として華やか、そして丈夫に見えるでしょう?」

「…………」

甫は無言で肩をそびやかした。その顔には、どうでもいいとでかでかと書いてある。だが九条は、そんなことにはお構いなしで、淡々と言葉を継いだ。

「でもねえ、この茎、見かけは強そうですけど、ホントはとっても柔らかくて弱いんです。そのくせ大きな花を支えようとするから、すぐに頭が垂れてしまう」

「……だから?」

嗄れた声で、甫は不機嫌に言い返す。九条は、ガーベラを緩く束ねて優しく新聞紙で巻きながら、甫を見て微笑《ほほえ》んだ。

「だからこうして水揚げをしてやらなきゃいけないんです。あと、ガーベラの場合は特に、茎に細菌が付いて腐りやすいので、ほんのちょっと漂白剤を垂らした水にしてやるのも、花屋の技ですね」

「……ほう。なるほど、軽く殺菌してから売るわけか」

話が細菌という医師には関わりの深いことがらに及んだので、ほんの少し興味を惹《ひ》かれたらしい。初めてまともなセンテンスで相づちを打った甫に、九条は嬉しそうな笑顔で頷いた。

「ええ。数日おきに水揚げをすることと、茎を腐らせないことにさえ気をつければ、よく保つ花ですからね。冬場なら、一ヶ月近く保たせることも可能なんです」

「そんなに……長くか?」

「はい。花屋としては、お客さんの家で一日でも長く綺麗に咲いていていてほしいですから、買ってくださった方にはそうアドバイスをするんですが、残念ながらなかなかやって頂けないようです」

「花屋にとっては簡単なことでも、客にとっては面倒なこと……か」

「仰るとおり」

「医者と患者も同じことだな。自分の身体のことだ、多少の面倒くささや苦痛は当然我慢するだろうと考えて指示を出すのに、当の本人はすぐに音《ね》を上げたりサボったりする」

「…………」

「挙げ句の果ては、俺たちのためにリハビリをしてやっているようなふて腐れた態度を取る。まったく理解できんな」

吐き捨てるようにそう言って、甫はギュッと目をつぶった。そんなつらそうな様子に、九条は少し困り顔で眉尻を下げた。

「頭痛、つらいですか？」

「……頭を外して投げ捨てたいほどにな」

「おやおや。とはいえ、二日酔いの頭痛には、鎮痛薬は効かないでしょうね」

「効かん」

「……可哀想に」

それきり何も言わず、九条は浅い桶《おけ》に水を張り、漂白剤を注意深く垂らすと、ゴム手袋を嵌《は》めた手でガーベラの茎の断面を水に浸した。それから、傍目にも恐ろしくよく切れる鋏《はさみ》で、茎の先端を水中で切っていく。さっきのパチンパチンという音は、そのハサミで花の茎を切る音だったらしい。

「……何故、水の中で切る？」

「水中で切れば、断面に空気の層ができなくて、水がスムーズに入ってくるからと教わりました」

「………」

なるほどと言うのも物憂いのか、甫は壁に側頭部を押し当てたまま、もそもそと顎を上下させる。

そんな甫をジッと見つめていた九条は、ふと小さく笑ってこう言った。

「そういえば、以前お会いしたとき、僕はあなたに似合う花を挙げようとしたのに、会話が途中で途切れてしまったんでしたね」

「……確か、そんな馬鹿げたことを言っていたな。俺に似合う花などあるものか」

忌々しげに吐き捨てる甫に腹を立てもせず、九条は明るい声で言った。

「またそんなことを仰る。あるんですよ。僕、あのとき、先生には清楚《せいそ》な白百合が似合うと言おうと思ったんですが……でもそれに関しては、ちょっと見立て違いだったみたいです。僕もまだまだですね」

やけに残念そうに首を振られて、どうでもいいと思いつつ、甫はつい問いを発してしまう。

「では、いったいどの花が俺に似合うというんだ」

九条は、何の迷いもなく即答した。

「あなたは、このガーベラみたいな人だと思います」

「……あ?」

甫はギュッと眉根を寄せる。目の下の濃い隈《くま》も手伝い、恐ろしく凶悪な渋面で彼は舌打ちした。

「お前、それで褒めているつもりか？　花にたとえられて喜ぶ男がどこにいる」

だが九条は、不思議そうに小首を傾げた。大柄だが、必要以上に大きな動きをしないので、圧迫感をまったく感じさせない男だ。

「ここに。僕は、自分が花にたとえてもらえたら、きっと物凄く嬉しいと思いますけどね」

「……お前のことなんか知るか。俺はこれっぽっちも嬉しくない。だいたい、そのガーベラという花と俺の間に、どんな共通項があるというんだ」

「んー。そうですねえ」

九条はゴム手袋を外すと、梱包《こんぽう》のときに茎が折れてしまっていたため、脇にどけてあった一輪のガーベラを手に取った。

「僕にとっては、先生の何もかもがこの花に似ていますよ。……華やかで、堂々としていて、それでいて可愛らしくて」

「…………」

いったいどこから突っ込んでやろうかと頭を巡らせた甫だが、アセトアルデヒドに体力と気力の大半を持って行かれた今、もはや突っ込む気力も持ちあわせていない。絶句した彼に構わず、九条は淡々と言葉を継いだ。

「でも、ガーベラがすぐ茎を駄目にしてしまうように、あなたも心が折れたら呆気《あつけ》なくしおれてしまうんでしょう。今みたいにね。……こんなことを言うと怒られてしまうかもしれませんが、この花と同じように、うんと手を掛けて、お世話をして、美しく咲かせてあげたくなります」

「お前……いい加減にしろよ……。昨夜のことでイヤミを言ってるのか」

「まさか。愛したい対象にイヤミを言う人間なんて、普通はいないでしょう?」

涼しい顔で言ってのける九条に、甫はギョッとして目の前の笑みを絶やさない男の顔を凝視する。

「な……ん、だと?」

「昨夜、ドサクサで、あなたを慰める権利と甘やかす権利は頂きました」

「…………っ」

言われてみれば、確かにそんな会話をしたような記憶がおぼろげに残っている。言葉を失う甫に、九条は穏やかに、しかしきっぱりとこう宣言した。

「でも、あなたを愛する権利は、正攻法で手に入れようと思っているんです。ご存じなかったでしょうが、僕、あなたのことが好きなんですよ。それも相当に」

「な………」

絶句する甫の目の前で、手の中のガーベラの花に唇を寄せ、九条は極上の笑みを見せた。

三章　花を咲かせるひと

「どうしたんですか？　まだ気持ちが悪い？」

テーブル越しに心配そうに顔を覗き込まれ、甫は慌てて顔を背けた。

「……もう、だいぶマシになった。ただ……」

「ただ？」

「何だってこんなことになっているのかと」

甫の嘆きに似た呟きに、甫の椀《わん》に雑炊のお代わりをよそおうとしていた九条は、さすがに呆れ顔になる。

「何でって……。それは昨夜、あなたが泥酔して夜の繁華街で寝ていたところに、僕が偶然通りかかって……」

「それはわかっている。俺の愚かさを二度も思い知らせてくれなくていい」

「ああ、今のは疑問ではなく、自省ですか」

「……それもハキハキ指摘してくれなくていい」

目の前の男ののほほんとした笑顔に、甫は深く嘆息した。

あれから、甫は結局もう一度ダウンして、花屋の二階で昏々《こんこん》と眠る羽目になった。目覚めると、時刻は既に夕方近くになっていて、頭も身体もずいぶんスッキリしていた。

思えば、医者になってからというもの、平日に半日眠り続けるなど、おそらく一度か二度しかなかっただろう。それも、正月休みや盆休みという長期休暇のときだけだ。

「……よく寝た」

事実を確認するように呟き、それでもまだ起き上がる気分にはなれず、甫は布団の中で寝返りを打った。同じ姿勢で寝過ぎたせいか、さほど厚くない敷き布団のせいか、腰が鈍く痛む。しかし思考はクリアで、あの吐き気と見事に連動していた酷い頭痛も、かなり軽くなっていた。

「睡眠は、万病の薬だな」

そう独りごちて、甫は天井を見上げた。

階下からは、接客しているらしき九条の声が切れ切れに聞こえてくる。

甫が眠っているときに、少なくとも一度は様子を見に来てくれたのだろう。枕元に、寝入ったときには確かになかったはずのスポーツドリンクのペットボトルと、ガラス製の小さなピッチャーが置かれていた。

「…………」

ピッチャーには、茎を短く切った色とりどりのガーベラが五輪、生けられていた。隙間には、シダの類が控えめに差し込まれている。おそらく、朝、脇にどけていたような、輸送途中に茎が傷んでしまったものだろう。

ぼんやりとそれを見ていると、今朝、ガーベラの水揚げをしながら、屈託のない笑顔で甫をガーベラにたとえた九条の言葉を思い出す。

『ガーベラがすぐ茎を駄目にしてしまうように、あなたも心が折れたら呆気なくしおれてしまうんでしょう。今みたいにね』

(どう見ても俺より若いくせに、生意気を言う)

いつもなら忌々しく思うようなそんな台詞も、これだけフルに世話になってしまうと、素直に受け入れざるを得ない。

(だが……奇妙なことも言っていたな、あいつ)

『僕、あなたのことが好きなんですよ。それも相当に』

食べ物の好みでも語るような調子で告げられた恋心を、どう理解すればいいのか……そもそも、九条が本気かどうかすら判断がつかない甫である。

だが、おぼろげな記憶の中で昨夜、九条に瞼にキスされたような気がするし、少なくとも、かなり好きな相手でないと、ここまで親切にはしないだろうとも思う。

とはいえ……。

(どうしろと言うんだ、俺に)

九条に対して悪い印象は今のところないし、むしろいい奴だと思わざるを得ない。

しかし、甫がこれまでつきあってきたのは女性ばかりで、自分が男性に口説かれるシチュエーションなどというのは完全に想定外だ。そういう意味で同性を見たことはないので、九条が自分に抱いているらしき恋愛感情というものが、得体の知れない不気味なものに感じられてしまう。

しかし、そんな複雑な感情や戸惑いを喚起《かんき》する原因であっても、目の前で咲いているガーベラは、とても美しかった。

ピッチャーの底には、わずかしか水が入っていない。ガーベラは茎が腐りやすいと九条は言っていたから、水に浸かる部分を最小限にして腐敗を防止しようというのだろう。

「綺麗な花……なんだがな」

美しさも可憐さも認めるが、それを自分にたとえられても納得できない。心が折れやすいだの何だの言われても、それを認める気にはなれなかった。

色々むしゃくしゃすることがあって、うっかり酒を過ごして、それで醜態を晒してしまっただけだ。別に心など折れてはいない。

「そろそろ、服がクリーニングから帰ってくる頃……か」

そう思いながら、甫はガーベラを眺めつつ、また何となく寝入ってしまった。そして夜になって店を閉めた九条に起こされ、一階奥のこぢんまりとしたダイニングキッチンで差し向かいの夕食を摂っているというわけなのだった。

甫は夕食を固辞して帰ろうとしたが、九条は、例の食えない笑顔でこう言った。

「だってあなた、昨夜、僕が背負って帰るとき、独り身の一人暮らしだと仰ったでしょう？　そんなに体調が悪いのに、帰って自炊なんてできるはずがないし。聞き分けよく僕の作った夕飯を食べてくださったら、クリーニング屋が持って来た服をお返ししますよ」

今返せすぐ返せと、いつもの甫なら詰め寄ったところだ。しかし、さんざん迷惑をかけておいて強く出るわけにはいかず、勧められるままに渋々食卓についた。

「これなら食べられるかと思って」と九条が小さなテーブルの上にどんと置いた土鍋《どなべ》の中には、卵と葱《ねぎ》だけのシンプルな雑炊が湯気を立てていた。

それに、キャベツとタマネギを蒸し煮にしたものに茹《ゆ》でたソーセージを添えて出してくれたのだが、さすがにそちらは食べられそうになかったので、甫は雑炊だけを素朴な木椀によそってもらい、同じく木のさじで少しずつ食べていた。

出汁《だし》の味のきいた優しい味は、いかにもこの男が作りそうな料理だった。箸休《はしやす》めにと出してくれた蕪の浅漬けも、さっぱりしていて旨い。

甫が黙々と食べているのを見て、九条はホッとしたように笑った。

「よかった。何か胃に入れれば、少しは楽になると言いますからね。僕はお酒は飲めないのでよくわからないんですが、梅干しをほぐして、隠し味に入れてみたんです。二日酔いには効くそうですから」

「酒は駄目なのか」

「ええ。ブランデーケーキで昏倒する始末で。飲み続ければ、強くなるんですかね？」

「ならん。それは体質の問題だから、無駄な努力はするな。アセトアルデヒド分解酵素が欠損しているんだろう。いくら飲んでも不快になるだけだ」

「今朝のあなたのようにね。……でも、だいぶ顔色がよくなりましたよ。よかった」

「あ……ああ。その……何だ。花屋は、ひとりで？」

さすがにまる一日一緒にいると、相手の生活にそれなりの興味が出てくる。プライバシーの侵害かと躊躇いつつ、甫は室内を見回して訊ねた。

九条はあっさりと頷く。

「ええ。去年まで、ここには両親が住んで、二人で花屋をやっていたんですけどね。年だし、仕事もきついしというので、揃って引退して、静岡《しずおか》へ越してしまったんです」

「静岡？」

「富士山《ふじさん》の見えるところに住むのが、長年の夢だったんですって。で、せっかく両親が守ってきた店ですし、病院に出入りする皆さんにも可愛がって頂いているので、畳むのも勿体ないなという話になったんです。てっきり人手に居抜きで売り渡すのかと思ったら、そこで矛先が僕に向きまして」

「それは、息子であるお前に譲りたいと思うのが親心……ああ失礼。つい、お前呼ばわりをしてしまっていた。友人でも部下でも後輩でもないのにな」

「いいえ、いいんですよ。僕はきっとあなたよりうんと年下なんですから。どうぞそのままで」

「俺は三十一なんだが……ではお言葉に甘えて、お前は？」

「僕は二十三ですよ。やっぱりけっこう年上ですね、大野木先生」

「……そう、だな」

その「けっこう年上」のいい大人が、八歳も年下の、しかもたいして親しくもない花屋の青年に、ありえないくらいの迷惑をかけてしまった。苦い自己嫌悪が、甫の胸を灼《や》く。

そんな甫に構わず、九条は淡々と話の続きを語った。

「僕、ずっと浮き草稼業だったんで、親が行く末を心配したんでしょうね」

「浮き草稼業？」

九条は、少し照れたように肩を竦めた。

「去年まで、僕、インディーズレーベルに所属していて……何ていうか、まあ、ミュージシャンの端くれみたいなものだったんです。勿論、それだけで食えるってわけじゃなかったんで、アマチュアに毛の生えたようなもんだったんですけど」

「ミュージシャン……。歌手か？」

「いえいえ、楽器のほうで。バイトと音楽のバランスを上手く取っているつもりだったんですが、親には危なっかしく見えたんでしょう。いいチャンスだから、心を入れ替えて花屋で頑張ってくれ、親を安心させてくれと母に泣かれましてね。……さすがに、いい大人になって、親を泣かせるような生活はいけないだろうと」

「音楽を、諦《あきら》めたのか」

「ええ。それだけが原因じゃないんですが。色々あって、音楽は趣味に留めることにしました。一年間、親に引退を遅らせてもらってこの店で花屋経営のノウハウを教えてもらって、アレンジメントの教室にも通って……で、今に至っています」

「ずいぶんと、あっさりしたものだな。そんなに軽い気持ちで音楽をやっていたのか？」

甫はちょっとカチンと来てそう訊ねた。これまでの人生、常に目的意識を持ち、理想を実現するために着実に歩んできた甫には、夢を簡単に諦めて転職した九条の気持ちが、酷く浮ついたものに思えて不快だったのだ。

だが九条は、これまでにない強い口調で言い返してきた。

「そんなわけがないでしょう。僕だって、自分の音楽を、もっともっと追求していきたかった。たとえどんなに小さなハコでも、上がりなんてなくても、ライヴを続けていたかった！　たとえ一秒でも、立ち止まって僕らの音楽に耳を傾けてくれる人がいる限り……あ……」

「………」

甫の驚きの表情に、自分が声を僅かに荒らげていたことに気付いたのだろう。九条は一つ深呼吸をして、甫に詫びた。

「すみません。あなたにそんなこと主張しても、仕方がないですよね。結果として僕は夢を諦めたし、それは僕自身が決断したことなんです。……僕にとって、音楽は諦めきれる程度のものだった。そういうことなんだと思います」

九条の声はいつもの平穏さを取り戻していたが、その根底には、苦い自嘲《じちょう》の響きがある。しかし、それにどう対処していいかわからない甫には、話題をそこから無理矢理逸らすことしかできなかった。

「まあ……そういうことなんだろうな。で、店はひとりでやっているのか？」

「はい。少なくとも今は、人を雇う余裕はありませんから。病院に配達に出る間は、店を閉めているんです。しばらくしたら戻りますって札を下げて」

「なるほど。じゃあ、昨夜は……最初、花束を持っていたように思ったのは」

「ええ、配達です。普段はあんな時間にあんなところへお花を配達する仕事なんてないんですけど、K医大の某科の教授に、ホステスさんの誕生日の花を急にオーダーされましてね。店じゅうのバラをかき集めてお届けすることになったんですよ」

「バラの花なんて、そんなにたくさん常備しているものなのか？」

「街中のお花屋さんと違って、うちは立地上、お見舞いの花がほとんどですからね。大輪のバラはあんまり置いてないんですけど、たまたま患者さんのリクエストでまとめて仕入れたのがあったので、助かりましたよ」

「そうか。……それにしても、あんな時間に繁華街まで花束一つをわざわざ配達させるとは、不愉快な人種だな。つまらん見栄で自分がいいところを見せるためなら、他人の迷惑などお構いなしか」

甫は眉間《みけん》に深い縦皺を刻み、不快そうに舌打ちしたが、九条はあっけらかんとして片手を振った。

「いえいえ、そんな大事な場面で、うちの店を思い出して頂けただけでも感謝しないと。それに、あそこへ行ったからこそ、あなたを見つけることができましたしね」

「う……うう、ああ」

「よかったですよ。あんなところで寝てしまったら、きっと風邪を引いてしまいますから」

「……すまん。……ところで」

吹き冷ました雑炊を頬張り、甫は物問いたげに室内を見回す。相変わらず察しのいい九条は、甫が求めている答えをさらりと口にした。

「まだ独身なんで、ひとり寂しくここで寝起きしていますよ。でなければ、あなたが好きだなんてことは言いません」

「……っ」

甫は危うく雑炊を噴き出しそうになり、すんでのところで口元を押さえた。おかげで、熱い雑炊で口元を軽く火傷してしまい、唇がヒリヒリする。

「あれは……本気だったのか。俺をからかっているのかと」

「愛情を持ちだして人をからかうような酷い人間じゃありませんよ、僕は。あれは、まったくの本気です」

「……いつから」

どれだけ思い出しても、お互い病棟で見かけたことがある程度で、「好きに」なられるチャンスがあったようには思えない。

おもわず素朴な問いを発した甫に、九条は懐かしそうに目を細めて答えた。

「あれは夏頃でしたか。あなたにこっぴどく叱られたときに」

甫は驚いて問い返す。

「俺が？　叱った？　お前を？」

「そう。他でもないあなたが、僕を、お叱りになったんですよ。勿論、悪いのは僕だったんですが」

甫はしばらく考え、諦めたように首を振った。

「悪いが、てんで覚えがない。人違いじゃないか?」

「まさか。僕があなたを見間違えるなんて、ありえませんよ」

やけに力強く断言して、九条は甫にこう言った。

「いつか、僕が病棟にお見舞いのアレンジメントをお届けしたとき、病室に入る直前、あなたに止められて、何のつもりだって怒鳴られたんですよ」

「……あ……」

「イネ科の植物に強いアレルギーのある患者さんに、イネ科のカモガヤの、しかも開花しそうな奴を風変わりな彩りのつもりで入れてしまっていて……。そのまま病室に持ち込んだら、呼吸がままならない患者さんを危険に晒すところだったってあなたは仰ってました」

「……ああ!」

そこまで聞いて、ようやく甫の脳裏にそのときの記憶が甦ってくる。

花屋を注意した記憶より、一緒にいた担当理学療法士の知彦に厳重注意した記憶のほうが強かったし、ましてそのときの花屋が九条だったなど、思いもしなかった。

「そうか……。あれはお前だったのか」

「僕だったんですよ。まさにあのとき、僕はあなたに一目惚《ひとめぼ》れしたんです。激怒したあなたの顔はとても綺麗だったし、何よりあんなに真摯に僕らを叱ってくださったことに感動してしまいました」

「……感動？」

綺麗云々発言はひとまず脇に置き、甫は感動という言葉を聞き咎めた。だが九条は、やはりやわらかな笑顔で頷く。

「ええ。だって、人を叱るって、褒めるよりうんと大変でしょう。パワーも必要だし、ストレスも溜まるし。それを敢えてしてくださったことが、僕はとても嬉しかったんですよ」

「そ……そうか」

「ええ。それ以来、患者さんへのお見舞いのお花には、アレルゲンになりにくいものを選ぶようにしてます。これまでそんなことを考えもしなかったので、花屋として凄く勉強になったんです。病気の方の慰めになればいいと思ってアレンジメントを作ってるのに、それが害になったら大変ですもんね」

「う……うむ」

そんなことで正面きって感謝されても戸惑うばかりの甫に、九条はうっとりと言った。

「病院に出入りする花屋としての心構えを教えてくださったあなたが気になって仕方なくて、配達の途中、院内で見かけると凄く嬉しい気持ちになったんですよ。声を掛けるチャンスは、こないだ耳鼻科の病棟でお会いするまでなかったですけど」

「そう……か」

浮かれる九条とは対照的に、甫のほうはだんだん警戒の面持ちになってくる。それに気付いた九条は、恥ずかしそうに頭を掻いた。

「ああ、すみません。こんなに一方的に僕の気持ちをまくしたてられても、先生は困っちゃいますよね。僕はまあ……一言で言うならバイですけど、先生はノーマルでしょうから」

「……これまで考えたこともないが、当然そうなんだろうな」

甫はそう言って、戸惑い顔で続けた。

「人の性癖をどうこう言う気はないし、医師である以上、マイノリティに偏見を持つべきでないとも思う。しかし……世話になっておいて悪いが、それとこれとはまったく違う話だ。俺がお前の気持ちに報いることはない」

「わかっていますよ」

九条は少し寂しそうに、けれど笑みを絶やさず頷いた。その表情に、甫は自分が酷いことを言ったような気分にさせられる。

「わ……わかっているというのは……」

「報われない片想いには慣れているって意味です。昔から、僕の好きになる人は決まって、僕みたいなのは趣味じゃないんですよね。ですから、告白したからといって、すぐにあなたが応えてくださるなんて都合のいい幻想は、僕にはありません。ただ、それでも黙って諦めるのは嫌なんです。だから、正直な気持ちをお伝えしました」

笑顔でそんなことをきっぱり言い切られては、甫でなくても絶句する。だが、九条は淡々と言葉を継いだ。

「あの……僕があなたを好きでいることは、許してくださいますか？　それとも、僕みたいな奴に想われているのは、気持ちが悪いですか？」

一瞬面食らった甫は、しかし生来の生真面目さを発揮して、気難しい顔で答える。

「それはお前の権利であって、俺が許可するようなことではないだろう。俺の人権と生活を侵害しない限り、好きにすればいい。お前の感情もお前のものだ。俺がどう思おうと構うことはない。……というか、現時点では、お前のその好意を受け入れがたいだけで、嫌悪感というほどの悪感情は持っていない」

「……あなたらしいお答えですね。よかった。ありがとうございます」

心底ホッとした様子で、九条は笑みを深くした。そうすると素直に目が細くなるのが、人懐っこい印象を見る者に与える。

その純粋な笑顔を見ていると、何故かみぞおちのあたりがぎゅうっと苦しくなる気がして、甫は半ば反射的に立ち上がった。

「別に、礼を言われるようなことじゃない。……そろそろ失礼する」

「……もう召し上がらないんですか？」

「十分頂いた」

また引き留められたらどうしようと内心恐れていた甫だが、九条はあっさりと納得し、二階の部屋にクリーニングから帰ってきたスーツを持って来てくれた。勝手にしたことだから要らないと言うのを半ば強引にクリーニング代を支払い、甫はほぼ一日ぶりにきちんと「武装」して、階下に降りた。

土間に揃えて置かれた靴は、脱いだときより確実に輝きを増している。甫が寝込んでいるあいだに、九条が磨き上げてくれたのだろう。

「こんなことまで、してくれなくてよかったんだぞ」

上がり框に腰掛けて靴を履きながら、思わずそんなことを言った甫に、九条は楽しげにかぶりを振った。

「好きな人の靴を磨くというのは、なかなかにときめく作業なんですよ。ご存じないかもしれませんが。……それより、大野木先生」

「……うん？」

靴紐を結ぶ甫は、振り向かずに返事だけする。その背中に、九条の静かな声が降ってきた。

「僕は、あなたを慰める権利と甘やかす権利を持っています。逆にいえば、あなたは僕に慰められ、甘やかされる義務がある」

いきなり「義務」などという言葉を使われ、甫はギョッとして振り返る。

「な……っ!?」

愕然とする甫とは対照的に、九条はニコニコして甫の顔を見下ろしている。

「あはは。だって、僕が無理矢理その権利を行使する気がない以上、あなたがチャンスを与えてくださらないと困るじゃないですか」

「そういう……ことに、なるのか?」

「なるんです。……ですから」

「な、何だ」

「僕からあなたを追いかけ回すことはしません。ご迷惑でしょうから。でも、ここに僕がいることを忘れないでください。何かつらいことがあったり、心が折れそうになったときは、あんな風に街角で酔い潰《つぶ》れたりせずに、ここに来てください。僕のことを思い出してください。僕はいつだってここにいて、あなたを待ってますから。約束ですよ?」

表情はにこやかでも、本気の発言であることは声音で伝わる。甫は不思議な気迫に押され、微かに顎を上下させた。

「わ……わかった」

「それから、最後に確認です。僕の名前、ちゃんと覚えてくれていますか?」

「夕焼。夕焼けと書いてゆうや、だろう?」

「素晴らしい。ちゃんと覚えていてくださったんですね」

「約束だからな。……では。色々世話になった」

「はい。お気を付けて。……とっぷり暮れてしまいましたけど、ご自宅までお送りしなくて大丈夫ですか？　ワゴン車なので、乗り心地はほどほどですけど」

「女の子じゃあるまいし、馬鹿を言うな。ここからの帰り道は、普通に通勤路なんだぞ。では……また、この一日の礼は改めて」

そう言い残し、甫は土間を抜け、店舗脇の通用口から外に出た。

木枯らしが、頬を叩くように吹き抜ける。周囲が病院のビルばかりなので、その谷間を吹き抜ける風はどうしても厳しくなるのだ。

日暮れがすっかり早くなり、まだどうということはない時刻なのに、真夜中のように辺りは暗かった。

「……しまった」

腕時計に視線を落とした甫は、自分の失策に気付き、思わず舌打ちした。

時刻は午後七時過ぎ。

基礎にせよ臨床にせよ、けっこうな割合の病院関係者が帰途につく時間帯だ。しかも面会時間が終了して、見舞客も病院を後にする頃だろう。

普段ならばそんなことを気にする必要はないが、今日は話が違う。

仕事を休んでおいて、昨日と同じ服装で職場近くをうろついていたとあれば、不審がられることは確実である。今日だけは、病院関係者と顔を合わせたり、目撃されたりするわけにはいかない。多くの科にまたがって仕事をしているだけに、甫は知らなくても、相手のほうは甫を知っているというパターンも少なくないのだ。

「電車……は、確実にホームで誰かに会うな。とはいえ、タクシーは……くそ、乗り場が病院前か駅前だから論外だ。となると……」

いくら何でも、電車で数駅がかる自宅まで、歩いて帰る体力も気力もない。さっき、九条が自宅まで車で送ってくれると言ったのをすげなく断ったのが、今さらながらに悔やまれた。

（そういえば……昨夜、飲み屋街から俺を背負って帰るときも……あいつ、ずっと歩きじゃなかったんだろうな）

混濁しきった記憶をたぐってみると、確かに途中、タクシーに乗せられた記憶がある。だが、運転手の荒っぽい運転に甫が酔ってしまい、途中で降りたのだ。

「しまった。クリーニング代は払ったが、タクシー代がまだだ」

こうなったら、タクシー代を払うという名目でもう一度花屋に戻り、九条にやはり家まで送ってもらおうか……。

そう考えて歩き出した途端、背後から大声で名前を呼ばれた。

「大野木先生っ!?」

振り向く前から、声の主が誰かはわかっている。ほぼ毎日聞いている、少し太くて低い、耳に心地よい男の声だ。

そしてそれは、甫が今もっとも聞きたくない声でもあった。

「…………」

振り向こうか、それともこのまま歩き続けて逃げようか。

甫が逡巡《しゅんじゅん》している間に、声の主は勢いよく駆け寄ってきた。前に回り込み、甫の顔を見て、ホッとしたように声を弾ませる。

「やっぱり！　やっぱり大野木先生だ」

外灯の下で甫の顔を確かめ、安堵《あんど》の表情を浮かべているのは、リハビリ科の理学療法士であり、遥の恋人である深谷知彦だった。薄手のダウンジャケットを着て、バックパックを背負ったいつもの出勤スタイルだ。

病院からの帰り際、目敏《めざと》く甫の姿を見つけたらしい。

「……今日は急に休んですまなかったな」

他に何を言えばいいのかわからなかったので、甫は無愛想にそれだけ言い、メタルフレームの眼鏡を押し上げて表情を隠した。知彦の顔にも甫に負けず劣らずの困惑の表情が浮かんでいる。

「いえ、あの……だ、大丈夫ですか？　秘書さんから、体調不良って聞いてます」

「ああ……まあ、な」

「そうですか。よくなられたんならよかったですけど……」

　相づちを打ちながら、知彦の視線は、遠慮がちに、しかし確実に、甫の頭からつま先までウロウロと落ち着きなく彷徨っている。

　日頃、理学療法士として、患者の些細な変化をも見落とさないよう注意を払う癖が身に付いている知彦だ。たとえ暗がりであろうと、甫の表情の不自然さにも顔色の悪さにも、昨日と同じストライプのネクタイにも気付いてしまっただろう。

　それでも、甫に対する遠慮からか、口ごもって何も問わない知彦に焦《じ》れて、甫はイライラとみずから水を向けた。

「何か言いたいことがあるなら、さっさと言え。こんな寒いところで、立ち話をする趣味はないぞ」

「すっ、すいません。あの、でしたら……いったい『どこ』からお帰りなんですか？　その……昨夜、あれから何かあったんでしょうか。先生、これまで一度だって病欠なさったことがないのに……」

「…………」

　予想していたとはいえ、クリティカルヒットに等しい質問を喰らい、さしもの甫も返答に窮《きゅう》する。

知彦も途方に暮れた顔つきだったが、ここまで言ってしまっては、後に引けなくなったのだろう。意を決したように生唾を飲み込み、言葉を継いだ。

「僕、今朝、先生が病欠だって聞いて、思い切ってご自宅にもケータイにも電話したんです。具合が悪いんだったらお邪魔かと思ったんですけど、遥君も心配してましたし」

「……遥に俺が欠勤したことを言ったのか！」

思わず咎めた甫に、知彦は素直に頭を下げる。

「すいませんでしたッ。でも、やっぱりひとりきりの兄弟のことだから、心配だろうと思ったんです」

「余計なことを。あいつに言ったところで、何の解決にもならんだろうに」

「……ホントにすいません。何だか、先生が休みなんてこれまでなかったんで、僕、慌ててしまって。昨夜は、先生、お元気そうでしたから、余計に。遥君、もしかしてコッペパンにあたったんじゃないかって、仕事の合間にご自宅まで行ったみたいですよ」

「何だと……!?」

「たぶん、合鍵《あいかぎ》で中に入ったんでしょう。先生がいらっしゃらなかったと、しょんぼりしたメールが来てました」

「……何てことだ」

甫は思わず眉間に片手を当てた。よもや、知彦がそんなお節介なことをするとも、遥が自宅に来るとも、想像だにしていなかった。普段は冷静沈着な甫も、ここまで予想外のことが起こると、リアクションに窮してしまう。

　知彦は、決まり悪そうに視線を落として続けた。

「あの……先生にも色々あると思います。だから、ホントは体調不良じゃなくて、何か他に大事な用事があったのなら、僕、それはアリだと思います。医局の誰にも言いません」

「…………」

「ただ、遥君だけは安心させてあげたくて。昨夜のコッペパンが悪かったんじゃないですよね？」

「そうじゃない。……あれは、確かに旨かった」

　ぶっきらぼうに答えた甫に、知彦はようやく少し明るい表情になった。

「よかった！　……じゃあ、それだけ遥君に伝えます。きっと安心します。あの、昨夜、遥君、凄く喜んでたんです。大野木先生が、自分のコッペパンを食べてくれたって。『兄ちゃんが旨いって言ってくれたんだから、ホントに旨いんだ！』ってとても誇らしげでした」

「旨いとは言ったが、まだ完璧ではないぞ。自信を持つのは早い。それを忘れないよう伝えておけ」

「……はい」

いかにも甫らしい釘の刺し方に、知彦は苦笑いで頷き、そしてやはり不思議そうに甫を見やった。

「それにしても、先生。今から医局に行かれるんですか?」

「あ……ああ」

そんなつもりはなかったが、ここにいる理由としては、それがいちばん当たり障りのない弁解だ。そう考えて甫は頷いたが、知彦は気の毒そうに言った。

「あの……先生がいらっしゃらないんで、みんな、今日は、その、鬼のいぬ間……あ、じゃなくて、えっと、たまには羽を伸ばそうって早帰りしちゃいまして」

「…………」

「もう、だ、誰もいないんです。なので、行かれても意味はないかと……」

「……そうか」

どうやらひとり、いつもの時刻まで仕事をしていたらしき知彦を咎めても仕方がないので、甫は腹立たしい思いをぐっとこらえ、短い相づちを打った。

「だが、一応見ておかないと落ち着かん。お前は気にせず帰れ」

今、甫が帰るといえば、知彦と駅まで一緒に行くことになる。それは鬱陶《うっとう》しいこと限りないので、甫はそう言い、知彦と別れようとした。そんな雰囲気を察し、知彦も従順に頷く。

「わかりました。じゃあ、お気を付けて。……あ、あの、大野木先生」

「……まだ何かあるのか？」

二歩行ったところで呼び止められ、甫は苛つきながら振り返った。見るからに苦悩の表情を浮かべた知彦が、甫をじっと見ている。

「どうかしたのか、深谷」

思わず問いかけると、知彦は、針のむしろの上を歩いているような苦しげな顔つきで、こう言った。

「あの……先生、明日の勉強会なんですけど……」

「ああ？」

「気をつけてください」

知彦は咳《せ》き込むようにそう言って、俯《うつむ》いた。いつも真っ直ぐな知彦の不自然な「警告」に、甫は眉をひそめる。

「いったい、何にどう気をつけろというんだ。気をつけろだけでは、どうすることもできないぞ」

だが知彦は、やはり甫を見ずに、早口で付け加えた。

「僕にはこれ以上は言えません。でも……本当に、気をつけてください。失礼しますっ」

「あ、おい」

甫が呼び止めるのを振り切るように、知彦は頭を下げた。そして、振り返りもせず全速力で走り去っていく。

「……だからいったい、何に気をつけろと……？」

その後ろ姿を呆然《ぼうぜん》と見送り、首を捻《ひね》りながら、甫は医局に向かって歩き出した。

そういえば、昨夜から一度もチェックしていなかったと、バッグから携帯電話を取りだしてみた。

知彦が言うとおり、着信とメール着信を報せるアイコンが、液晶画面に表示されている。

留守番電話を再生してみると、心配そうな遥の声が聞こえてきた。

『もしもし、兄ちゃん？　体調不良って、もしかして、俺のコッペパンのせいで腹壊したとかじゃないよね？　何か心配だから、そっち行く！』

二番目のメッセージは、同じく遥からだったが、一番目と違ってやや不満げだった。

『兄ちゃん、体調不良のくせに、どこ行ってんの？　マンションでしばらく待ってたけど、店ほっとけないから帰るね。よくなったんなら、連絡して！　じゃね！』

「遥の奴……」

弟の声に、甫の顔には自然と微苦笑が浮かぶ。

マンションのダイニングでテーブルに頬杖を突き、むくれた顔で自分を待っている遥の姿が、目に浮かぶようだった。

たとえ以前のように全面的に頼ってくれなくても、こうして心配してくれているのだと実感できると、少し嬉しくなってしまう。

「馬鹿だな、俺も」

子供っぽい満足感だと自覚してはいたが、一方的に断ち切られたように感じていた弟との絆《きずな》を、彼のほうから「切れてないよ?」と掲げてみせてくれたような気がしたのだ。

「……詫びの電話をかけておくか」

どうせ、知彦は帰るなり遥を訪ね、自分と会った話を遥に聞かせるだろう。その前に直接、心配をかけたことを謝っておきたい。どう問い詰められても、遥にも知彦にも……いや誰にも、昨夜どこにいたかを白状するわけにはいかない。誤解されても困るし、そうでなくても、二人の関係を問われては、説明が面倒だからだ。

「どう誤魔化したものかな……」

意外と鋭い遥に追及されては四苦八苦しそうだが、そこは年の功で何とかしよう。そう考えた甫は、先日ようやく手に入れた、弟の新しい携帯電話の番号を入力し始めた……。

＊　　＊

翌朝、出勤した甫は、何気なく自分の机の上を見てギョッとした。

きれい好きな甫は、机の上も常にきちんと整頓している。

天板の左奥にノートパソコン、右奥にペン立て、右端に未読の書類……。抽斗《ひきだし》には、文献や書簡、文房具の類がきっちり分類して納められている。

その見慣れているはずの机の上、しかもど真ん中に、どう考えても見慣れない物があったのである。

それは、手のひらに載るくらいの小さなアレンジメントだった。片手に持てる程度の花を、袋状にした防水紙でまとめ、リボンで口を縛ってある。防水紙の中には、水の代わりになるらしきゲル状の物質が詰まっているようだった。

「こ……これは何だ……」

ずっと前からそこにいたような顔で鎮座しているアレンジメントを、甫はまじまじと凝視した。

オレンジ色と黄色のガーベラに、シダとハーブらしきグリーンをあしらったその取り合わせを見れば、贈り主は火を見るよりも明らかだ。

甫は険しい顔で、医局の入り口近くに陣取る医局秘書に声を掛けた。

「……おい。あの花は……」

「ああ、先生がいらっしゃる少し前、お花屋さんが届けにいらっしゃいましたよ。ええと」

秘書は、メモを見ながら答える。

「フラワーショップ九条の店長さんだそうです。お見舞いに……って」

「……あいつ……」

「フラワーショップ九条って、病院の前のちっちゃなお花屋さんですよね？　先生、あそこの店長さんと知り合いなんですか？」

無邪気に問われ、甫はやはり眼鏡に手をやりながら曖昧《あいまい》に答えた。

「あ、ああ……まあ、な。病棟でたまに顔を合わせる」

「ああ、お見舞いのお花、届けに来るんですね。それで」

秘書があっさり納得してくれたので、甫はホッと胸を撫で下ろして席に戻った。

（くそ、誰が「僕からあなたを追いかけ回すことはしません」だ！）

と甫は心の中で悪態をつく。確かに現れたのは本人ではなく花だが、限りなく九条を思い出させる代物だという意味では、本人が机上に居座っているに等しい。

「…………」

いっそゴミ箱に捨ててやろうかと思ったが、ふと、昨日の朝、黙々と開店準備をしていた九条の姿が脳裏に甦る。

親に説得され、夢を諦めて仕方なく花屋を継いだ……というようなことを言っていたわりに、仕入れた花に手を入れる九条の横顔は、恐ろしいほど真剣だった。

一輪一輪、花を扱う手はこの上なく慎重で優しく、こんなふうに慈《いつく》しまれては、どんなに扱いの難しい花でも綺麗に咲かざるを得ないだろうと思ってしまうほどだった。

きっとこのアレンジメントも、同じように心を込めて一輪ずつ組み合わせ、作ったものなのだろう。水換え不要にしてあるのも、甫に手間を掛けさせまいとする九条の配慮なのかもしれない。

そう思うと、罪のない花を投棄することなどできず、甫は苦虫を嚙み潰したような顔で、小さなアレンジメントをノートパソコンとペン立ての間にそっと置いた……。


その日の夕方。

リハビリ科のカンファレンスルームでは、恒例の勉強会が行われていた。提唱したのも仕切るのも甫だが、医局のメンバーは全員参加を義務づけられており、交代で毎週一人が、トピックスを勉強し、皆にそれを紹介するシステムになっている。

今日の担当は深谷知彦で、テーマは「下腿切断者のためのウィンタースポーツ用義足部品」だった。義足でパラリンピックを目指そうという高校生を担当している知彦らしいテーマ選択である。

注意深く耳を傾け、メモを取りつつも、甫の脳裏には、昨日、別れ際に知彦が残した言葉が繰り返し甦っていた。

（勉強会に気をつけろ……確かあいつはそう言っていたが、いったいどういうことなんだ）

勉強会にはいつものように、療法士たちが勢揃いしているし、特段違ったことはない。演者である知彦の口調は朴訥《ぼくとつ》でいかにも話慣れていないが、レクチャーの内容自体はなかなかに興味深い。

しかし、知彦は、時折チラチラと落ち着きのない視線を甫に向けてくるし、さりげなく室内を見回してみると、療法士たちが互いに目配せし合っているのに気付いた。

（何か企《たくら》んでいるのか？　しかし……これといって、できることはあるまいに）

どうにも腑に落ちない、落ち着かない思いでいると、やがて話を終えた知彦は、いつもの彼らしからぬ上擦った声で、皆を見回しながら言った。

「そ、その……何か、ご質問、は？」

元からあまり勉強会に熱心でない療法士たちだけに、質疑応答もさほど活発ではない。お愛想程度のちょっとした質問がいくつかあり、知彦がそれに答えたところで、甫は恒例の締めの言葉を述べるべく立ち上がった。

すると……。

いつもは後ろのほうでだらしない格好で座っているだけの古株行動療法士、谷田部《やたべ》もゆらりと席を立った。

「大野木先生、勉強会を締める前に、一言いいですかね」

もう四十歳を過ぎ、元から甫の業務改革に反抗的な態度を取り続ける人物である。年下で、後から来た甫がイニシアチブを取るのも気に入らなければ、自分の慣れ親しんだ業務内容を勝手に弄《いじ》られ、仕事を増やされることも不愉快だ。そんな心境を、やる気のない態度と慇懃無礼な言葉でことあるごとに甫にアピールしてきた。

いちいちそんな人物の相手をしていては時間の無駄だと、内心では苛つきつつもずっと彼を黙殺してきた甫だが、さすがに正面切って発言を求められては無視するわけにもいかない。訝しみつつも、「どうぞ」と発言を許可した。

するると谷田部は、周囲の療法士たちをぐるりと見回し、意思を確認してから口を開いた。

「実は、この機会に先生にお伝えしたいことがありまして」

「何だ」

勿体ぶった谷田部の口調を不快に思いながらも先を促した甫に、谷田部はケーシーのポケットに片手を突っ込み、だらしない格好で言い放った。

「この勉強会、僕らが参加するのはこれが最後です」

「な……んだと？」

いきなりの宣言に、甫はギョッとして聞き返す。だが谷田部は、白髪交じりの頭を振り、平然と同じ言葉を繰り返した。

「もう、勉強会はこれっきりにして頂くということです。どうしてもと言うなら、先生がおひとりでお勉強なさってください」

「何を言っているんだ。これは、皆で知識と技術をアップデートしていくための……」

「と先生は仰いますけど、やっぱり、エリートの先生と現場の僕らじゃ、目線の高さも目指す場所も違うみたいで」

「……どういうことだ？」

部下たちの不満はことあるごとに感じていたものの、彼らは意気地なしで自分に刃向かう度胸がないのだと、高を括ってきた。そんな甫だけに、不意打ちで、しかも初めて真っ向から逆らわれ、動揺を隠せない。

そんな甫の様子に、こちらは逆に落ち着きとふてぶてしさを増した谷田部は、貧弱なで肩を怒らせて言葉を継いだ。

「つまり、先生にはためになるトピックスかもしれませんが、僕らには高尚すぎて、あんまり役に立たないってことです。僕らが実地で役に立つと思って持ってくるネタは、平凡過ぎてつまらないって先生には悪し様《あざま》に言われてしまいますし、何かもうみんな、たいがいウンザリなんですよ」

「…………」

「だから、僕らは僕らで、自分たちの役に立つ現実的な題材で勉強会を開きます。先生はご自分で、論文用のハイレベルな勉強をなさったらいいんじゃないかと。そのほうが、お互い時間のロスがありませんしね」

「それは、全員の総意か？」

思わず他の療法士たちはどうなのかと一同を見回した甫だが、目が合うが早いか、皆、素早く視線を逸らし、俯いてしまう。

だがその行為自体、谷田部に同意であるという賛同の仕草に他ならない。甫の視線は、最後にまだホワイトボード前に突っ立ったままの知彦に向けられた。

「お前もか、深谷」

動揺を必死に押さえ込もうとして失敗した甫の掠れ声に、知彦は大きく肩を震わせた。その誠実そのものの顔には、激しい葛藤《かっとう》と苦痛の色がある。

「……申し訳、ありませんッ」

絞り出すように放ったその一言と、膝に額がつくほど深々と下げられた頭が、彼の胸中を余すところなく物語っていた。

知彦には、甫の崇高な理想も、谷田部をはじめ仲間たちの不満も、等しく理解できるのだろう。同僚を裏切ることはできず、かといって恋人の兄である甫に全面的に背くこともできず、板挟みで苦しんだ挙げ句のギリギリの言葉が、昨夜の「気をつけろ」発言だったのだ。

警告されたところでどうすることもできなかったわけだが、それでもここで、知彦に自分か同僚か、どちらかを選べと迫るのは、あまりに酷だということくらいは、動転している甫にもわかる。

「……多数決というわけか」

　甫のそんな呟きに、谷田部は勝ち誇った口調で付け加えた。

「そういうことです。あと、この際だからもう一つ言わせてもらいます。事実として、先生のやり方でリハビリ科の業績が上がってますから、みんな、先生に従ってます。ですけど、それが全部先生の手柄になってるのは、僕ら、大いに不満なんですよね」

「な……っ」

「僕らの頑張りと協力がなかったら、先生ひとりがいくら声を上げてもどうしようもないってこと、ちょっとは自覚してほしいもんです。これまでみたいな高圧的な態度とか、僕らの人権を無視したやり方とか、これ以上続けるようなら、僕ら全員、ストライキをするつもりです。……確かにお伝えしました。あとは先生のご判断で、どうぞお好きに」

　一息に言葉を叩き付けると、谷田部はせいせいしたと言いたげな顔つきで、目礼すらせずカンファレンスルームを出て行った。他の療法士たちも皆、無言のまま筆記用具やプリントを片付け、ぞろぞろと退室する。

　スチールの机と椅子ばかりが残ったカンファレンスルームには、甫と知彦だけが残された。

「昨日のお前の発言は、このことだったんだな、深谷」

甫は知彦から顔を背け、ボソリと言った。

「……ホントにすみません。僕は……」

姿を見なくても、知彦が再び深々と頭を下げていることはわかる。甫は、イライラと彼の言葉を遮った。

「謝る必要はない。お前は俺より仲間が正しいと思ったから、谷田部に反論しなかった。そうなんだろう?」

「それは……その」

「お前は、『向上心がないものは、馬鹿だ』という台詞がやたら繰り返される小説を知っているか?」

「……はい?」

「夏目《なつめ》漱石《そうせき》の『こゝろ』だ。今ほど、その言葉があてはまる連中を見たことはないな。何が、自分たちの役に立つ現実的な題材、だ。しかも、ストライキをちらつかせて俺を恫喝《どうかつ》するとは……」

「先生、あれは脅《おど》しじゃないです。みんな、本気なんですよ。昨日、先生がいらっしゃらなかったので、みんな、仕事中にそんな話をしてました」

今度は、知彦が甫の言葉を遮る番である。甫はカッとして、眼鏡の奥の鋭い双眸《そうぼう》で知彦を睨みつけた。

「では何か、このリハビリ科に俺は必要ないということか！」

「そんなことは。谷田部さんも言ってたじゃないですか、先生のやり方で業績が上がってるって。それはみんな、認めてるんです」

「認めていれば、あんな発言が出るはずがない」

「でも……でも、先生、あの……」

「何だ」

知彦相手だと、どうしても子飼いの部下という意識から、必要以上に高圧的な物言いになってしまう甫である。知彦は、躊躇いながら口を開いた。無意識に組んだり解いたりしている両手の指が、彼の葛藤を代弁している。

「僕だけじゃなく、先生、これまで誰も褒めてません……よね」

「……何のことだ？　褒める、だと？」

その言葉を初めて聞いたように怪訝《けげん》そうな甫を、知彦はどこか気の毒そうな眼差しで見た。そして、訥々と言った。

「僕らだって人間です。上の人から褒められたり、励まされたり、認められたり……そういうのがないと、頑張れないと思うんです」

「いやしくもプロが、そんな甘えた心根でどうする！」

「先生なら、そう仰ると思ってました。先生ご自身は、そういうの必要ないかも、ですし。

でも……普通の人はそうじゃないんです。他のみんなだって、先生のことを尊敬してる人間はたくさんいます。だけど……先生のやり方にはついていけない。そういうことなんです」

「……お前もか」

「僕は……」

知彦は口ごもり、そして甫の顔をまっすぐに見た。

「僕は、先生のこと、凄い人だと思ってます。追いつけなくても、少しでも近づきたい人です。でも……やっぱりモチベーションを保つのがきついなって思うことは……正直、あります。すみません」

「……謝る必要はない」

そう言い捨て、甫は部屋を出て行こうとした。知彦が慌てて追いかけてこようとするのを、語気荒く制止する。

「俺をフォローする必要もない！　コウモリ気取りで中途半端なことはするな。……どう言葉を飾ろうと、お前は谷田部たちについたんだ」

「大野木先生……」

「遥を気遣って、俺に義理立てする必要もない。遥と俺のことは、お前には関係ない。俺もそういうスタンスでこれからも行動する。わかったな」

返事を待たず、甫は大股にカンファレンスルームから出た。皆、逃げるように職場を後にしたのか、医局からは早くも人影が消えている。

まるで夜逃げだな……と呟きながら、甫は荒っぽく椅子を引き、自分の席に腰を下ろした。

額に乱れかかる前髪を乱暴に書き上げ、深い息をつく。

自分でも嫌になるほど、鼓動が速い。二日酔いのときほど酷くはないが、軽い吐き気さえ覚える。

これまで臆病者だと思っていた部下が突然牙を剝いたことは、甫にとっては想定外、そして予想以上のショックだった。

どんなに不満があっても、自分の方針が正しい以上、そして結果が出ている以上、療法士たちも、いつかは自分に屈し、心から従うようになるはずだ。甫はそう考えていた。

その確信が根底から崩れた今、甫は、遥に突然関係を断ち切られたとき以上に動揺し、途方に暮れていた。

「何故なんだ……。褒めるだの、認めるだの……そんなことが足らないからといって、あんなふうに拒絶されるいわれは……っ」

思わず机を打った拳が、ブルブルと情けないほどに震えている。

これまでも孤立無援《こりつむえん》に近かった彼だが、今はそこから、四面楚歌《しめんそか》へと進んだ状態だ。あの知彦ですら、甫の側に立とうとはしなかった。

そのことも、本人は自覚していないが、甫を激しく打ちのめしていた。

どうやって自分の気持ちを宥めればいいのか、それすらわからない甫の視界に映ったのは、今朝、九条が置いていったらしき花だった。

いわゆるビタミンカラーの、鮮やかなオレンジ色のガーベラ。

見る者を力づける、明るい、生命力に満ちた花だ。

「……やはり、あいつの目は節穴だな」

甫は、自嘲めいた口調でひとりごちた。

「俺がガーベラみたい、だと？　どこがだ。正しいことを誠心誠意しているのに、誰にも認められず、褒められず、励まされないのは俺のほうじゃないか。……誰にでも愛されそうな、こんな花にたとえられる要素は何もない。……花屋のくせに、いい加減なことを言いやがって」

そんな悪態をつきつつも、やはり目の前の花を視界から排除する気にはなれない。甫は、震える手でアレンジメントの土台に触れ、両手で包み込んだ。

ひんやりとした感触は、昨夜、飽きることなく自分の頭を撫で続けていた九条の手とは似ても似つかない。それでも、彼が生けた花に触れていると、あの穏やかな笑みを含んだ声が、聞こえてくるような気がした。

『可哀想に』

「同情など……要らん」

幻の声に返事をしてしまった自分が滑稽《こっけい》で、甫は肩を震わせる。

九条のそんな言葉が聞きたいと思っている自分など、断じて認めることはできない。それが、甫のせめてものプライドである。

『あなたも、心が折れたら呆気なくしおれてしまうんでしょう』

「そんなことは、ない。決してない」

自分自身に言い聞かせるように呟き、甫はこみ上げるものをこらえるように、唇を噛んで項垂《うなだ》れた……。

四章　誰もが傷を負う

眠れない一夜を過ごした翌朝。

前日のやりとりがあっただけに、医局やリハビリルームの雰囲気が悪化しているのではないかと懸念しつつ出勤した甫だったが、そのあたりは療法士たちもプロであり、患者に迷惑をかけるようなことはなさそうだった。

その点では胸を撫で下ろしたものの、甫に対する態度は、勉強会以来、一変していた。

朝の挨拶をしてきたのは医局秘書と看護師たちと知彦だけで、療法士たちは皆、甫に冷たい一瞥《いちべつ》を投げかけただけだ。

どうやら、冷戦の火蓋を切った古株の谷田部が音頭を取り、甫に対してはそういう態度を取るように取り決めたらしい。

朝のカンファレンスでは、療法士どうしの情報交換や連絡事項は和やかに進行するのに、甫が前に立つと、知彦以外は全員俯いてしまう。指示したことは守られているが、それに対するリアクションは皆無になった。

リハビリルームにおいて、患者の手前、甫が先に声を掛ければ目礼程度は返してくるところを見ると、甫がこれまでの態度を改め、療法士たちに迎合すれば許してやろうという心づもりなのだろう。

(誰が、これしきのことで折れてやるものか。むしろ、お前たちの心得違いを正してやる)

持ち前の負けん気と高いプライドでそう決意したものの、やはり一年あまり籍を置いている職場に自分の味方がひとりもいないという事実には、気が滅入る。

そんな状態が毎日続くので、さすがの甫も苛立ちと疲労を隠せなくなった。

確かに業務はこれまでと同じように滞《とどこお》りないのだが、甫が何を指示しようと、返ってくるのは無感情な「わかりました」の一言のみ。

ミスをして甫に叱責されたときは、一応「すみません、以後気をつけます」と慇懃に謝ってくるものの、そうした謝罪と反省の言葉は投げ付けるような調子で、心がこもっていないことは明らかだ。

会話が必要なときには、最低限のやりとりを済ませるとニコリともせず背を向けられる。

そんな療法士たちの態度に、甫は日々、神経がささくれ立つような気分にさせられた。

とはいえ、彼らがすべき仕事をきっちりやっているだけに、甫としては文句の付けようがない。しかも、もし本当に谷田部が警告してきたような「ストライキ」が決行されたとすれば、それこそ業務に支障が出るし、大学病院の経営陣から、甫の医局トップとしての資質を問われることになるだろう。

いくら平静を装っていても、その可能性を考えるだけで、甫の胃は鈍く痛み始める。看護師たちも、療法士の誰かから事情を聞いているのか、気の毒そうな面白がっているような視線を向けてくるのが、また甫をイライラさせた。

どんなに不愉快な扱いを受けようとも、とにかく現状を維持して、患者たちにこの不和を悟られないようにしなくてはならない。何があっても、このいざこざを他科の人間に知られるわけはいかないのだ。

そのプレッシャーで、甫は常にみぞおちに重い金属が詰まっているような気分を味わい続け、しかし何をどうすれば事態が好転するかさっぱりわからず、日ごとに焦燥《しょうそう》を深めていた。


そして、騒動から一週間後の夕方。

いつもなら勉強会が開かれているはずのリハビリ科カンファレンスルームには、甫だけがいた。

療法士たちは、定時を過ぎるなりひとり、またひとりと医局を去り、勉強会を宣言どおり全員がボイコットしたのだ。

甫の視線をまともに見返して堂々と出て行く者もあれば、物陰に隠れるようにコソコソと去る者もいた。どちらにしても定時まではきっちり働いており、その後の自主的な残業を拒否して帰るだけで非難されるいわれはないということなのだろうし、それは確かに正論だ。

「……有言実行、か。その度胸だけは認めてやらなくてはならんかもな」

ひとりぼっちの広い室内を見回し、甫は嘆息した。

あるいは、考え直して勉強会くらいは出席するかと思ったが、谷田部以下療法士たちは皆、甫が折れて謝罪するまで戦う姿勢を見せるつもりらしい。

この分では、本当にそのうちストライキに踏み切るかもしれないな……と、椅子にどっかと腰を下ろした甫はもう一つ溜め息をついた。

正直、先週谷田部が叩き付けてきた言葉の意味が、甫には理解できない。

たとえ実情は整形外科のしかるべきポストが空くまでの腰掛けだとしても、リハビリ科に来た以上、甫の職務はリハビリ科の業務を見直し、業績を上げることだ。

さらに、これまではお客さん扱いだった医師たちとは違い、正式にリハビリ科に所属しているからには、ただ一人の医師である自分がイニシアチブを取って医局のスタッフを導いていくのは当然のことであり、それを新参者だ、門外漢だと非難されていては話にならない。

療法士たちにしても、これまで自分たちではできなかった業務改革を甫が成し遂げた以上、甫に感謝こそすれ、反抗する理由などないはずだ。

個人的に甫が気に入らないと思うのは勝手だが、それを職場で、しかもこんな子供じみたやり方でアピールするとは、社会人として恥ずかしくないのか。

甫としては、現状はいかにも不愉快、かつ不可解でもあるのだった。

「……こうしていても仕方がない。帰るか」

力なく呟いて席を立ったとき、扉を開けて入ってきたのは、知彦だった。この状況は想定していたのだろう、たいして驚きもせず、彼は申し訳なさと後ろめたさを全身で表しながら、甫に一礼した。まだ、いつものケーシー姿のままだ。

「あの、遅くなってすみません。ちょっと義足の件でメーカーさんとやり取りしていたら、時間がかかってしまいました」

まるで、飼い主にこっぴどく叱られた猟犬のようなしょげっぷりに、甫は苦笑いで眼鏡を押し上げる。

「遅くなっても何もない。勉強会はもう開けないようだ」

その言葉に、知彦はよく見れば端整な顔を引き締めた。そして、思い切った様子で口を開いた。

「勉強会、やりましょう、先生」

思わぬ言葉に、甫は眉間に不快そうな縦皺を刻む。指先が、無意識に机をトントンと叩いた。

「はっ。見ての通りだ。できるわけがない。お前もとっとと帰れ。遥が待っているんだろう？　俺に義理立てする必要はないぞ」

「でも、先生。二人いれば、勉強会はできます。先生の時間を、僕だけが頂くのは厚かましいってことはわかってるんですけど」

「………」

「僕は毎週の勉強会、ずっと楽しみにしてました。確かに当番のときは大変ですけど、調べることで自分の勉強になりますし、他の人たちが探してきてくれたネタも、自分が全然知らないことだったりして……」

「それはよかったな。だが、もうこうなってしまっては、どうすることもできないさ。悪いが、お前ひとりのために勉強会をやる気はな……」

投げやりに言い捨て、机の上の荷物をまとめようとした甫に、頭を上げた知彦は、咎めるような口調で抵抗した。

「大野木先生！　先生らしくないです、そんなふうに諦めてしまわれるのは」

「お前に俺の何がわかる！」

らしくないという言葉に神経を逆撫でされて、甫は思わず拳で机を叩いた。ドンという大きな音に、知彦はビクッと体を震わせる。

「あ……すいません、僕」

「だいたい、お前がこんなところにいては、療法士たちの団結を乱したと怒られるんじゃないのか。俺に気を遣わず、帰れと言っている」

　いくら今、彼の言葉に苛立っていても、密やかな嫉妬の対象であっても、甫にとって知彦は、目をかけている部下であり、弟の遥が心から信頼している人物でもある。自分のせいで、同僚から仲間はずれにされたり、リハビリ科で微妙な立場に置かれたりしないかと案じずにはいられない。

　そんな甫の気遣いを感じとったのだろう。知彦は少し表情を和らげ、ハッキリとかぶりを振った。

「先週も言いましたが、谷田部さんもみんなも、先生のやり方が何もかも間違ってるとは思ってないんです。勉強会は……そりゃちょっと仕事をやりながらじゃ大変すぎることもあるし、トピックスが難しすぎてついていけないこともあるんで、みんな辟易《へきえき》して……す、すいません」

「構わん。続けろ」

　凍り付いた表情で先を促す甫に、知彦は躊躇しながらも再び口を開く。

「だけど、僕が出たいという分には、別に誰も何も言いません。その……先生は、中学生とか高校生の集団いじめみたいに今回のことを思ってらっしゃるかもしれませんけど、そういうんじゃないんです。谷田部さんがみんなに、自分に従うようにプレッシャーをかけてるんじゃなくて、みんなが自主的に……あ」

自分の素直すぎる、かつ余計に甫にとっては嬉しくない発言に気付いたのか、知彦は片手で口元を押さえた。だがもう、出てしまった言葉は戻せない。甫は陰鬱な声で言った。

「皆が自主的に俺を拒絶することを選択したというわけだな」

「……先生……」

机に片手を置いたまま、甫は軽く俯き、何かをこらえるように目を閉じてしまった。知彦は、どうしていいかわからず、オロオロとそんな甫の様子を見守る。

やがて目を開けた甫は、心を落ち着けるように深呼吸を一つして、知彦の温和な目を、自分の鋭い瞳で真っ直ぐ見据えた。知彦はゴクリと生唾を飲み、上司の言葉を待つ。

甫は一言一言、絞り出すような掠れ声で言った。

「先週、谷田部もお前も同じようなことを言っていたな。業績が上がった以上、俺の方針は間違っていない。ただ、俺が不愉快だと」

「不愉快なんてことは……」

「言葉は違っていても、そういうニュアンスだった。形容詞はどうあれ、とにかくお前たちが排除したいのは俺だ。俺さえいなくなれば、俺の方針は守りつつも、以前と同じように気持ちよく仕事ができる。そういうことだろう?」

「そんな！」

「事実を直視しない限り、事態は解決しない。俺は自分に非があるとは思えん以上、お前たちに迎合して、下手に出たり、こびへつらったりする気はない。だが、お前たちは俺が態度を変えない限り、ストライキを決行するとまで俺を恫喝した」

「あれは……何ていうか、一週間何もなかったので、あの時だけの勢いかも……」

「単なる勢いで、自分の首を掛けた暴言は吐くまい」

「う……」

理路整然と言い返され、知彦は思わず言葉に詰まる。甫は、まるで他人事のように淡々と言った。

「俺は医局の長として、患者さんたちに迷惑のかかる事態は何としても回避しなくてはならん。だがこのままいたずらに時間を浪費すれば、お前たちはいつかストライキに突入する。……だとすれば、それを阻止する策は一つ。俺が消えることだけだ」

「大野木先生っ、そんなことは！」

「ないとは言わせん。この一週間、色々俺なりに考えたが、それ以外にやれることもやるべきこともないと、ようやく結論が出た。……単純なことだ」

甫はそう言い捨て、部屋を出て行こうとした。だが、知彦は途方に暮れた顔でそんな甫に問いかけた。

「先生、リハビリを辞めて、どこへ行かれるつもりなんですか?」

甫は振り返らず、手を掛けた扉を見つめたままで答える。

「知れたことだ。整形外科に戻る」

「やっぱり、そうなんですね。……でも僕は、まだまだ先生に教えて頂きたいことがあります」

「俺も、もう少しお前をしごいてやりたかったがな。だが、どうしようもない。諦めろ」

「大野木先生っ」

泣きそうな知彦の声を振り切り、甫は今度こそカンファレンスルームを出た。

みぞおちにわだかまる重苦しいものがまた一回り大きくなったような気がするが、とにかく今日はもう時間が遅い。これからできることは何もないだろう。

「俺も帰るか」

省エネのため、廊下の照明は一つおきに灯されている。そのうら寂しく寒い廊下を歩いていた甫は、誰かが医局の扉を開け、中に頭を突っ込んで様子を窺っているのに気付いた。

(こそ泥か……?)

最近、基礎系の医局に泥棒が入り、ノートパソコンが大量に盗まれるという事件があったと聞いている。

いくらセキュリティを厳重にしても、基本的に病院というのは誰でも入れる場所だ。医局も同様で、フロアごとにもう一つ入り口を作ってセキュリティ強化を……という話は何度か出たものの、皆、面倒くさがってあまり積極的ではない。盗っ人にとっては実に魅力的な「狩り場」だろう。

そしてまさに今、目の前で何者かが医局に侵入しようとしている。甫は、いざとなったらまだカンファレンスルームにいるはずの知彦を加勢に呼ぼうと思いつつ、不審者の背中に鋭い声で呼びかけた。

「うちの医局に何か用か？」

「ひゃっ！　す、すみません、ちょっと……あ」

「あ」

男は驚いた様子で廊下に首を出し、甫のほうを見た。その瞬間、二人の口から同時に驚きの声が上がる。

それは、他でもない九条夕焼だった。

「大野木先生でしたか。よかった」

ホッと胸を撫で下ろす九条は、いつもと同じブルーグレイのツナギの上から、丈の長いエプロンを着けている。作業着の上に作業着を重ねるというのも不思議な感じだが、まあ、ケーシーの上から白衣を着込むようなものだろうと思いつつ、甫は尖った声で問《と》い質《ただ》した。

「何がよかった、だ。そこで何をしている」

「あー、それはですね。これを」

九条は、大事そうに持っていたものを甫に見えるように両手で掲げてみせた。それは、新しいアレンジメントだった。

前に机に置かれたものと同じく、手のひらに載るくらいの可愛らしいものだ。

「そろそろ、前にお持ちした花が萎《しお》れる頃だと思ったので、入れ替えに来たんです。どなたかいらっしゃったら、ささっと中に入れて頂こうと思ったんですが、誰もいらっしゃらなくて。困っていたところでした」

「……皆、もう帰った。入れよ」

甫がぶっきらぼうに促すと、九条は嬉しそうににっこり笑って頷いた。

「はい、お邪魔します！」

こんなふうに、ここで誰かに明るい感情を向けられるのは久しぶりだ……と、甫は九条について医局に入りながら思った。

秘書はいつも愛想がいいが、それは職業柄のことであって、甫に好感情を持っているかどうかはまた別の問題だ。療法士たちとはまったく感情を交えない短い会話しか交わしていなかったので、九条の笑顔がやけに眩《まぶ》しく見える。

「あーあ、やっぱりここは空調が効いてるから、一週間が限界かなあ。ずいぶん萎れてしまって、可哀想に」

甫の机に近づいた九条は、そう言いながら古いアレンジメントを取り上げた。確かに、一週間前は鮮やかだったガーベラの色は少し褪《あ》せ、花びらも萎れかかっている。白い小花のほうはまだまだ大丈夫だが、頭も下がり気味のガーベラは、どうにも元気がない。

九条の手のひらの上で項垂れたガーベラは、まるで今の自分を見ているようで、甫は忌々しそうにそこから視線を逸らした。

新しいアレンジメントを同じ場所にそっと置き、九条は心配そうに甫に訊ねた。

「あの、勝手に置いていってしまってすみませんでした。もし、邪魔だったら引き上げますけど」

「……別に、邪魔になるほどのサイズじゃない」

「じゃあ、これからも置かせていただいて構いませんか？　少しは先生の目の保養に……って、先生、少し痩《や》せたんじゃないですか。大丈夫ですか？」

アレンジメントを置くことに、甫らしい婉曲な言いようで許可をもらい、いったんは喜んだ九条だが、甫の顔を見て眉を曇らせた。

あの二日酔いの日以来、甫は九条には会っていなかった。療法士たちとの対立が続き、甫なりにあれこれ思い悩んだこの一週間、食欲がなくてあまり食べない日々が続いていたので、痩せても不思議ではない。

「それに、顔色もとても悪いですよ。お仕事に根を詰めすぎているんじゃないですか？

それとも、前に二日酔いの原因になったことが、まだあなたを悩ませて……？」

片手に古いアレンジメントを持ったまま、九条は甫に歩み寄った。背けられた甫の横顔を見つめ、その削《そ》げた頬に空いた手を伸ばそうとする。

「……ッ」

だが甫は、その手を荒々しく打ち払った。

「ここは職場だ。この前みたいに、気安く触るな！」

「あ……すみません」

払われた手を素直に下げはしたものの、九条は引き下がろうとはしなかった。触れる代わりに、もう一歩甫に近づく。

「九条、お前、何のつもりだ」

甫は警戒心丸出しの声を上げたが、九条は少しも動じず、静かな声で指摘した。

「普通にしているつもりなんでしょうけど、酷い顔ですよ。眉間の皺は深いし、目の下は真っ黒だし、こうして近くで見ると、吹き出物もできてます」

「…………」

「何かあったんでしょう？　理由は言わなくてもいいですから、僕に例の権利を行使させてくださいませんか？　あなたをこのままにしてお別れするのは、心配です」

九条はそう言って、じっと甫の顔を見つめた。その穏やかだが不思議な力を持った目に

見られていると、あの泥酔した夜、何も問わず、ただ甫に寄り添い、彼が寝入るまで頭を撫でていてくれた九条の体温が甦る。

誰かに見られたらという危機感で彼の手を振り払ったくせに、今、再びあの手に触れられたいという思いが不意にこみ上げてきて、甫を困惑させた。

もう一度、あんなふうに優しく触れられたい。自分では何もできない赤ん坊のように、何から何まで世話を焼かれ、優しく扱われたい。

生まれて初めて湧き上がったそんな衝動に、甫は恐怖に近い驚きを感じ、思わず後ずさった。

「……わかったようなことを言うな」

絞り出した声が、酷く上擦っているのが自分でわかる。

「先生？　本当に大丈夫ですか？」

訝しげに呼びかけてくる九条の優しい顔に、恐れと戸惑いはさらに加速した。

このまま一緒にいれば、屈辱的な願いを……触れてくれ、甘やかしてくれ、慰めてくれと口走ってしまいそうな自分が怖い。

甫の置かれた状況について何一つ知らないくせに、そして赤の他人のくせに、そして自分よりずっと年下のくせに、「大丈夫」の一言で甫のすべてを包み込もうとし、「好きだ」と真正面から告げてくるこの男が怖い。

そして何より、こんなことで平静を保てないほど取り乱している自分が腹立たしく、悔しくてたまらない。

もう、誰のことも……自分自身すらも理解できない。世界中のすべてが敵に回ったような気がして、酷く息苦しい。

色々な感情が胸に渦巻き、甫は弾かれたように、椅子の背に引っかけてあったジャケットとバッグを引っ摑んだ。

「待ってください、大野木先生」

「俺に構うな！」

どうにかそれだけ言い捨てると、甫は白衣を着たまま医局から飛び出していってしまう。もう、この場所に、九条の前に、一秒たりとも留まりたくなかったのだ。

その背中が扉の向こうに消えるまで、九条はただ呆然とその場に立ち尽くしていた。

「どうして逃げたんだろう。怖がらせた覚えはないのに、あんなに怯《おび》えた顔をして」

悲しげな顔で呟き、九条は手の中にあるアレンジメントに視線を落とした。グッタリと頭を垂れてしまったガーベラの姿が、どうしても甫の姿に被《かぶ》ってしまう。

「可哀想に、こんなに萎れてしまって。ギリギリもう一度、復活させてやれるかな。……先生のことも、少しくらいは楽にしてあげたいんだけど。僕みたいな若造じゃ、信頼してもらえないのかねえ」

溜め息混じりに萎れたガーベラに話しかけたそのとき、閉じた扉がもう一度開いた。入ってきたのは、知彦である。

彼もまた、九条の姿を見てギョッとした様子だった。おそらく、甫が出て行くのを見て、もう医局には誰もいないと確信していたのだろう。

「あ、あの、うちに何のご用……って、あれ、もしかして、よく病院に来てる花屋さん？」

九条は申し訳なさそうに笑い、一礼した。

「はい。すみません、お邪魔してます。あの、花を入れ替えに来ただけなので、すぐ出て行きます……って、そうか、どっかでお会いしたことがあると思ったら、僕と一緒に大野木先生に叱られてくださった方ですよね！」

「へ？　あ、ああ、あの、稲だか麦だかの！」

九条の言葉に、病棟で甫に揃ってこっぴどく叱りつけられた事件を思い出したらしい。それで警戒が解けたのか、知彦はポンと手を打った。

「そうそう、そうです。あのときは、僕の巻き添えにしてしまってすみませんでした」

「いえ、あれは僕の担当の患者さんだったんで、僕にも責任があるんです。どうか気にしないでください。ええと僕、大野木先生の下で理学療法士をやってる、深谷知彦といいます。……っていうか、もしかしてその花、あなたが？」

九条は頷き、机に置いた新しいアレンジメントを指さした。

「はい。僕は病院の前で花屋をやってます、九条といいます。その……大野木先生とは不思議なご縁でお知り合いになって、まあその、何と言うか僕の我儘《わがまま》で、この花を置かせて頂いてるんです」

「はあ。我が儘で、ですか?」

肝心なことを濁した九条の説明に首を傾げつつも、知彦は九条の手にある古いほうのアレンジメントを指さした。

「でも大野木先生、それ、何だか凄く気に入ってるみたいでしたよ」

それを聞いて、九条の顔がパッと明るくなる。

「本当ですか?」

九条の笑顔には、人の心を解す力があるらしい。知彦も、さっきまでの悲愴な顔を緩め、笑顔で頷いた。

「はい。ことあるごとにその花を手にとって、見てました。こう、色んな角度から眺めてみたり、匂いを嗅いでみたりして」

「そっか……。こんなもの迷惑かと思ったんですけど、僕は花屋ですから、やっぱり花しかなくて。あの夜の先生があんまり酷い状態だったんで、せめて慰めになればと……あ、いや、その」

安堵のあまりポロリと迂闊なことを口走り、九条は慌てて口を噤《つぐ》む。だが、理学療法士として、相手の言動に細心の注意を払うくせがついている知彦は、その一言を聞き逃さなかった。

「あの夜って？　酷い状態って？」

「いえあの……ええと、参ったな。僕がお話しするわけには……」

口ごもる九条を訝しげに見ていた知彦は、ハッとした様子で目を見開いた。

「あの！　もしかして、その大野木先生が酷かった夜って……先生が、体調不良で仕事を休んだ日の前夜……ですか？」

「えっ？　あ、え、うう」

知彦と甫の関係を量《はか》りかね、九条は目を白黒させる。それに構わず、知彦は言葉を継いだ。

「先生が体調不良で休んだ日の夜、僕、病院のすぐそばで先生にお会いしたんです。先生、前の日と同じスーツで、その時点で変だなって思ったんですけど、もうみんなが帰る時間なのに、これから医局に行くって仰って、余計におかしいなって。だからあのときのこと、よく覚えてるんです。その……もしかして、夜からずっと九条さんのところにいたんなら、あの時間にあそこを歩いてて、僕を見てギョッとしたっぽかったのもわかるかなと……そう思いました。間違ってますか？」

九条は緩い癖のついた髪を片手で撫でつけ、「参ったなあ」と呟いてから、知彦の顔をつくづくと見た。

「僕、人を見る目にはけっこう自信があるんですよ。そんな僕の目には、あなたは悪い人には見えないし、大野木先生のことが好きそうなんですが」

「いい人間になりたいと思ってますし、大野木先生のことは尊敬してます」

知彦は即座にきっぱり言った。その迷いのない真っ直ぐな視線に、九条は安堵したように息を吐く。

「よかった。あの日のことを知られたのがそういう人で。あの、すみませんが、僕がうっかり言ってしまったことは、誰にも……」

「言いません。言いませんけど、代わりにその夜、先生に何があったか教えてもらえませんか？」

「……ホントに参ったなあ。いやその、どうってことはないんですよ。先生が飲み過ぎて具合を悪くされているときに、たまさか僕が通りかかって介抱して差し上げただけで」

「お酒を？　大野木先生が？」

「ええ。もう可哀想なほどの泥酔状態で。仕方がないので僕の家に連れ帰ったんです。翌日は酷い二日酔いで、夕方まで寝てらっしゃいました」

「そっか。それで、あんな時間に……。やっぱり僕が、余計なことを言ったりやったりしたからだ」

唇を噛む知彦に、今度は九条が小首を傾げる。

「余計なこと?」

知彦は躊躇いつつも、九条の優しい顔を見た。

「あの……花を持ってくるとこ見ると、九条さんも、大野木先生と仲良しっていうか、先生のこと、好きなんですか?」

「ああ、はい。僕は先生に片想い中です。先生にはまったく関係ない僕の感情だけの話なので、そのことで先生を誤解しないで頂きたいんですが」

「!」

あまりにもハキハキと屈託なく告げられた恋愛感情に、知彦は目をまん丸にした。だがその目が、どこか悪戯っぽい笑みを形作る。

「深谷さん?」

「あ、すみません。急に笑い出したら、不気味ですよね。だけど、何だか僕ら、大野木先生を挟んで、似たような秘密を抱えてるなあと思って」

「はい?」

「えっと……もうこうなったら、お互い秘密を打ち明けあって、がんじがらめにしといたほうが安心かと思うんで、言いますね。僕、大野木先生の弟さんとおつきあいしてるんです」

「弟さんと？」

「そのこと、先生は全然喜んでくださってないんですけど、でも僕は先生のことを凄く尊敬してて、お兄さんみたいに勝手に思っていて……だから心配なんです」

「心配？」

「ええ。僕と弟の遥君がつきあっていることも、今の職場の状態も、大野木先生を凄く苦しめてるのに、僕は何もできなくて……むしろそもそも元凶の一つだし。何とかしようと頑張っても、僕は間が悪いし要領も悪くて、先生をイライラさせるばかりで逆効果だし。ああもう。どうすりゃいいんだか」

　まるで独白のような知彦の繰《く》り言《ごと》を、九条は片手を軽く上げて遮った。

「あの、ちょっと失礼。いったい、大野木先生に何が起こってるんです？　僕も、こんなことを勝手に聞いちゃいけない部外者なんでしょうが、それでも先生を慰めるのは僕の仕事だと勝手に自負しているんです。他の誰かにその仕事を譲る気はまったくありません」

「……は、はあ」

「あなたから聞いたとは絶対に言いません。というより、そもそも先生が抱えているお悩みを僕が知ってしまったとなると、先生が恥じらいのあまり、僕のところに来てくださらなくなってしまいます。ですから、地球が割れてもそんなことは言えません」

　急に熱っぽく語りはじめた九条に、知彦は呆気に取られて曖昧な相づちを打つ。

「そ……う、なんですか?」

「そうなんです。僕としては、表向きはあくまでも、先生がご自分で話してくださるのを待つつもりですしね。でも……ちょっと今の状態が酷すぎるので、心配なんです。先生を慕ってらっしゃるなら、深谷さんもご心配でしょう?」

知彦も深く頷く。

「先生はプライドの高い人だから、全然気にしてないふうを装ってますけど、ホントはもう限界なんじゃないかと思います。でも僕は、先生の力にはなれなくて……。あの、九条さん。知り合ったばかりの人にこんなこと言うの変なんですけど、でも」

「知り合ったばかりじゃないですよ。かつて一緒に、大野木先生に大目玉を食らった仲じゃないですか」

そう言って九条は微笑む。知彦も少し安心したように笑い返し、しかしすぐに真顔に戻って言った。

「それもそうですよね。だからかな。何だか、ずっと知り合いだったような気がして」

「ふたりとも、大野木先生を心配しているという共通項もありますしね。……大まかにでかまいません。話していただけますか?」

「わかりました。むしろ部外者の九条さんのほうが、先生を助けやすいかもしれませんし。その、僕は口下手なんで、要領が悪いかもですけど……」

お互い座るのも忘れ、知彦はバインダーを抱えて突っ立ったまま、訥々と語り始める。

こちらも萎れたガーベラのアレンジメントを持ったままで、九条はじっと耳を傾けた……。

＊　＊

翌日、業務を終えてから、甫は古巣である整形外科の医局へと向かった。

昨夜、帰宅してから一晩冷静になって考えたが、やはり、自分がリハビリ科から身を引くのが、いちばんの解決策であるように思われた。

自分が導入した新しいリハビリのカリキュラムも定着しつつあるし、療法士たちも器具の扱いにすっかり慣れた。甫がいなくても、十分に今の業務形態を維持できるだろう。

甫としても、勘が鈍らないうちに整形外科の現場に復帰したい気持ちがある。指示された年数はまだ経っていないが、十分な箔はついたはずだ。そろそろ整形外科への復帰を打診しても、早すぎるということはないだろう。

甫にリハビリ行きを指示したのは、准教授の越津《こしづ》だった。その越津に相談を持ちかけるべく、甫は既にアポイントメントを取っていた。

整形外科の医局自体には、リハビリ科に移ってからもたびたび顔を出している。

やはりリハビリ科と協力して患者の治療にあたることがいちばん多い科なので、整形外科の医師とはよく打ち合わせが必要となるし、医局カンファレンスに参加することも珍しくないのだ。

越津に会う前に、一応元同僚たちに挨拶していくか……と医局の扉を開けた甫は、パーティションの向こうから聞こえてきた自分の名前にハッと立ち竦んだ。

(俺の噂……か?)

『大野木の奴、リハビリでもぶいぶい威張り散らしてるらしいじゃないか。療法士連中がブツクサ言ってるみたいだぜ』

『ま、そりゃ一人天下だもんな。講師なのに医局トップなんて、美味しいポジションだぜ。ここにいたときより、強権発動し放題だろ。大張り切りで……っっても、リハビリなんて猿山規模だけどなあ』

(あいつら……何を言ってるんだ)

話している二人の男の声には、聞き覚えがあった。どちらも、医学生時代からずっと一緒に学んできた同期だ。

プライベートではまったく親しくはなかったが、ずっと一緒に働いてきただけに、職場ではそれなりに協力もし、フォローし合い、信頼関係を築いた仲だ……と、少なくとも甫は思っていた。

だが、甫が聞いているとはつゆ知らぬ二人の会話は、甫にとってはあまりにもショッキングなものだった。

『ホントにな。それにあいつ、まだ信じてるんだろ、准教授の嘘』

『え、マジ？　アレだろ、リハに移る前に、俺たちに得意げに語ってた話。大野木、騙されたのにまだ気付いてねえの？　ああ見えてあいつ、意外とバカだな』

『ああ。リハでめざましい業績を上げたら、越津先生がいいポストを用意して呼び戻してくれる……そう言ってたろ？　まだそう信じ込んでるらしいぜ。だから頑張ってるんだってよ。ま、リハのほうはおかげでウハウハらしいけどな。あいつ、技量はあるからさ』

『腕はあるし、頭も切れるけど、肝心なとこで馬鹿だよな。そんな美味しい話、あるわけねえのに。体のいい島流しだって、普通、見当がつきそうなもんだけど』

『そこはそれ、あいつはエリート様のつもりだからさ。いつだって自分は高く評価されると思い込んでんだよ』

『まあ、仕事ができるって意味じゃ評価は高いんだろうが、ありゃ、人の上に立つ器じゃねえよ。開業医ならともかく……』

『大学病院じゃ、偉そうに正論ばっか吐いて、組織をギスギスさせるだけの厄介者だよな。実際、あいつがいなくなってから、整形はずいぶん空気が柔らかくなったし。その分、リハビリの連中が大変だろうけど』

『いやあ。あっちでも早晩総スカンを食らって、スゴスゴ尻尾巻いて出て行く羽目になるんじゃねえの?』

『そうなったら、行き先は地方病院か、はたまた開業か……。どっちにしても、あいつの性格じゃろくなことにならねえな』

『違いない。いい加減、みんなに鬱陶しがられてるって気付けよってな』

「………」

盗み聞きなどというみっともない行為がばれないうちに、さっさとこの場を立ち去るべきだと頭ではわかっている。しかし、あまりにも衝撃が大きすぎて、甫の身体は痺《しび》れたように動かなかった。

(そんな……馬鹿な)

まさか、信頼していた上司に、自分が疎まれ、裏切られていたなんて。

『一回り大きくなった君の帰りを楽しみにしているよ』

自分をリハビリ科に送り出したときの、越津准教授の言葉が脳裏に甦る。

あれは、嘘だったのだろうか。

自分は疎まれて、整形から追い出されたのだろうか?

「いや……そんなはずはない」

甫は呻くように呟いた。

学生時代から整形外科に興味を持ち、臨床実習以外でも医局に出入りしていた甫を、入局するよう熱心に誘ってくれたのは、越津准教授だった。

『君みたいな優秀な子が来てくれたら、僕も心強い。うん、僕から教授にお話ししておくよ。やあ、学年ナンバーワンの成績優秀者をゲットできるなんて、僕も鼻が高いなあ』

そう言って、入局前もその後も、あれこれと世話を焼き、目をかけてくれた越津が、自分を整形外科から追い出すようなことをするわけがない。

(そうだ。こんな噂話を真に受けて、越津先生を疑うなんて、すべきではない)

直接話をすれば、こんな不安も疑惑もすぐに払拭《ふっしょく》されるに違いない。その上で、くだらないことを言うなと、あらためて同僚に釘を刺しに行けばいいだけの話だ。

そう自分に言い聞かせるものの、早鐘のように打つ心臓のせいで、吐き気すら覚える。甫は深い呼吸で気を落ち着かせようと努めながら、音を立てないよう、そっと医局の扉を閉めた……。


「やあ、お疲れ。どうぞ、入って。秘書が帰ってしまったから、お茶も出せなくて悪いけどね」

問題の越津は、いつもと変わらないスマートさで甫を准教授室に迎え入れた。

定年退職間近の教授に代わり、実質的に整形外科を束ねている越津は、五十代のはずだが、四十歳そこそこに見える若さを保っている。日々ハードな手術をこなす傍ら、休日にはテニスやゴルフを欠かさないアクティブな人物だ。

文武両道を絵に描いたような越津は、学生時代から、甫の憧《あこが》れそのものだった。ずっと越津のようになりたいと願い、仕事に励んできたのだ。

勧められるままに革張りのソファーに腰を下ろし、甫は向かいに座った越津に頭を下げた。

「お時間を割いて頂いて、申し訳ありません。実は、ご相談したいことがありまして」

ダブルのパリッとした白衣を着こなした越津は、ゆったりと足を組み、微笑して先を促した。

「うん。電話では、何だか穏やかならぬ話だったね。整形外科に戻りたいとか何とか。君らしくもない。いったいどうしたの？」

「はい、それが……」

甫はできるだけ簡潔に、これまでの経緯を打ち明けた。適当に相づちを打ちながら聞いていた越津は、甫が話し終えると、うーんと唸り、組んだ足の膝頭を指先でトントンと軽く叩きながら口を開いた。

「なるほどねえ。そりゃ大変だ。リハビリは、特にコメディカルが多い部署だし、古株のスタッフも多い。まだ若い君が、ひとりで乗り込んでいくにはつらい環境だっただろうね。

そのことはすまないと思ってるんだよ」

「いえ……その、俺が未熟だったために、このようなことに」

　ワイルドな人間の多い外科系において、越津はいつも柔和で、口調もソフトだ。そんな越津に労《いたわ》られ、甫は申し訳ない気持ちで頭を下げた。

（やっぱりさっきの話は……ただの酷い噂だったんだ。越津先生は、昔とちっとも変わっていない。俺を認めてくださっている）

「でも、君はこの一年あまり、ずいぶんと頑張ってくれたじゃないか。リハビリの業績アップは教授会でも何度も話題に上って、君を派遣した僕も鼻が高かった」

「は……はい。ありがとうございます」

「それなのに、療法士たちとのトラブルとはね。君の若さが、裏目に出たかな」

「申し訳ありません」

　恐縮してさらに頭を下げる甫に、いやいやと相変わらず柔和に笑いつつも、越津の声音は次の発言で微妙に変化した。

「しかしねえ。整形に戻ってきたいって君の気持ちはわかるけど、やっぱり一年じゃまだ短かすぎるよ。どうにか療法士たちに歩み寄れないものかねえ。とりあえず、君が彼らに頭を下げれば済む話みたいじゃない」

「それは……俺にはできません」

「おやおや。プライドの問題か。わからないではないけれど……。でもなあ」

越津はモゴモゴと口ごもりながら、おもむろに立ち上がった。そして甫に背中を向け、窓の外に視線を向けてこう言った。

「正直言ってね、こっちも突然戻りたいと言われても困るんだよ。そもそも、まだポストが空いてない」

それは予測範囲内の言葉だったので、甫は冷静に食い下がった。

「それはわかっています。別に、もとの助手でも構いません」

「それじゃ降格になってしまうじゃないか。君、せっかく講師に昇格してリハビリに行ったのに」

「リハビリはリハビリ、整形は整形です。気にしません」

「……そう？　君がそれでいいんなら、まあいいけれど」

「お約束の二年後まで、講師のポストが空くのを待てます。教授が定年退職なさって、越津先生が教授になられて、千住《せんじゅ》先生が准教授になられて……。そうしたら、講師のポストが空きます。それまで」

「……ああ、そういうことか。うーん、困ったなあ」

唸りながら、越津は少し身体を斜めにして、甫を横目で見た。一重の細い目は三日月型だったが、その瞳は笑っていない。

甫の胸に、さっき同期の会話を立ち聞きしてしまったときの疑念が甦ってくる。

「越津先生……?」

低い声で呼びかけると、越津は溜め息混じりに苦笑した。

「君は、もっと賢い人だと思っていたんだが」

「それは……どういうことですか?」

「君が言うとおり、再来年、教授が定年退職後、順当に僕たちがポストを繰り上がったとして……講師の席が君のためにあると、本当に思っているの?」

甫は愕然としつつ、言葉を返した。腿の上に置いた指先に、グッと力がこもっている。

「どういう……ことですか?　俺がリハビリに行くときに、将来の出世に有利になるように、よそで箔を付けてこいと仰ったのは、越津先生です」

越津は両手をポケットに突っ込み、ヒョイと肩を竦める。

「うん、言った。確かに言った。でもそのとき、ここの講師の席を約束するって僕言った?　言ってないよね?」

「えっ……?」

甫は必死で、当時の越津とのやり取りを思い出した。確かに「講師の席を用意する」とは言われたが、「K医大整形外科の講師」と明言はされていない。甫の表情から、彼の思考を読み取ったのだろう。越津は皮肉っぽい笑みを浮かべ、いかにも気の毒そうに詫びた。

「ああ、すまなかったね。僕がハッキリ言わなかったから、変な期待をさせちゃったのかな。僕が君に用意してあげようと思ってたのは、H医大かA大学医学部あたりの整形外科の講師の席だったんだけど。うん、まあそのクラスのポストなら、再来年まで待たなくても用意してあげられると思うけどねえ」

越津が口にしたのは、かなり遠方の地方大学の名だった。規模的に、K医大よりずっと小さく、研究レベルもかなり劣る。

つまり越津の発言は、遠回しな左遷宣言に等しかった。

甫は、顔から血の気が引いていくのを感じた。急に両手が冷たくなり、指の震えが止められなくなる。

「では……ここの講師の席には、誰を据えるつもりなんですか？」

越津はさも当然だと言いたげに即答した。

「そりゃ、普通に考えて徳田《とくだ》先生でしょ」

「徳田、ですか!?　いったいどうしてです？」

甫は信じられない思いで聞き返す。

それは、同期のひとりの名だった。おっとりした性格で誰からも好かれるタイプだが、そうずば抜けた能力は持たない男だ。甫としては、一度たりとも負けたと思ったことのない相手である。

だが、越津は可哀想な子を見るような目で甫を見て、淡々と言った。

「どうしてって、だって君、彼は理事の息子さんだよ？　いわばサラブレッドだ。出世レースにおいては、彼が先頭に立つのは当然だろう」

「そんな……」

「そりゃまあ、君のほうが頭も腕も優れているけれど、出世ってのはそれだけじゃちょっとね。徳田先生はいつかはお父上の後を継いで、理事の席に座る人だ。人柄も申し分ないし、僕も彼みたいな人物が部下なら、安心だ」

「…………」

「ねえ、大野木先生。君、考えたこともないのかな。あんまりやり手すぎる部下を持ってしまうとね……上は気が休まらないんだよ。いつ足元を掬《すく》われるかって、ヒヤヒヤしてなきゃいけないからね。そういう意味でも、徳田先生なら安心なんだよ」

「やり手過ぎる部下というのは……」

「そう、君のこと。優秀過ぎるし、融通が利かなさすぎる。上司としちゃ、いささかやりにくくてね。だからこそ、お互いの幸せを考えて、君がトップに立てるリハビリに送り出してあげたのに」

越津の細い目には、どこか蔑《さげす》むような光が宿っている。さっきの吐き気が甦ってくるのを感じつつ、甫は手の震えを隠そうと、必死で拳を握りしめた。

「先生は……最初から、俺をここに呼び戻してくださる気は……なかったんですか。俺をリハビリに行かせたのは、厄介払いだったんですか？」

掠れ声での問いかけに、さすがに良心が多少咎めたのか、越津は再び甫に背を向けた。ブラインドの向こうは真っ暗で、オレンジ色の外灯の光がちらついているばかりだ。

「厄介払いっていうか、いやまあ、リハビリで十分なキャリアを積ませて、どこかよその大学か市中病院のいいポストにつけてあげる気でいたんだよ。別に君のことを思わなかったわけじゃない」

「…………」

「本当だ。それに、君も悪いんだよ」

「……俺が？　どういうことです？」

「君が迂闊にリハビリでめざましい業績を上げるものだから、医局内で、いや大学の経営陣の間でも、大野木先生は整形よりリハビリのほうが水が合うみたいだって話になってね。それでますます、呼び戻しにくくなったというわけだ」

「では……俺がここに戻ってきたいと言っても……」

「うん。悪いけど、許可できないな。正直に言うけど、君が出て行った後の助手のポストも、もう他の先生が内定済みでね。今さら君に戻りたいなんて言われても、困るんだ」

「そう……ですか」

甫は拳を異常に固く握り締めていた。関節がごつごつと盛り上がり、その部分が不気味に白くなっている。白いところなど残さず切った短い爪が、それでも手のひらに食い込んで痕を残した。

「ま、つまんないプライドじゃ飯は食えないんだから、謝れば済むんなら謝って、療法士たちとよりを戻すことだね。たまには折れることも、人生経験だよ。……まあ、平医局員でいいから戻るっていうなら考えるし、よそでもよければ、便宜ははかるけど」

軽い調子でそう言った越津は、腕時計に視線を落とすと、白衣を脱ぎながら言った。

「悪いね。これから妻と食事に行く約束なんだ」

口調は丁寧だったが、声には「これで終わりだ」という冷たい響きがある。その声に追い立てられるように、甫はよろめきながら立ち上がった。

「……………」

もう、言葉も出てこない。無言で一礼して、甫は准教授室を辞した。

自分が酷い顔をしている自覚があるだけに、誰にも会いたくない。逃げるようにエレベーターホームまで来て、甫はふうっとようやく息を吐いた。

まだ動悸《どうき》は収まらないし、鈍い頭痛までしてきた。胸の重苦しさは息苦しさへと進化し、ネクタイとワイシャツの襟元《えりもと》を緩めても、少しも楽になりはしない。

「俺は……馬鹿だ」

頭がクラクラして立っていられず、甫は薄暗いエレベーターホールのベンチにグッタリと腰を下ろした。両手で頭を抱え込んで、前のめりになったまま動かなくなる。

「くそ……」

自分は裏切られたのだ。

あれほど尊敬し、憧れ、師と仰いでいた越津に騙されていたということに、今になって気付いた自分が情けなく、どうにも悔しい。

「俺は、これまで何のために頑張ってきたんだ。いったい、何のために……」

さっきの越津の言葉が次々と甦ってきて、甫は激しくかぶりを振った。

これまで整形外科の同期の中では、自分がいちばん抜きん出ていると自負していた。だが、そんな甫の価値観は、ひとりよがりなものだったのだ。

(誰も……俺を評価してくれていなかったのか……?)

そんな苦い思いがこみ上げたとき、不意に白衣のポケットで携帯電話が震えた。液晶には、弟の名が浮かんでいる。

「……遥?」

まだ震えの止まらない手で、甫は通話ボタンを押した。弟に動揺を悟られまいと、努めて落ち着いた声で応答する。

「もしもし? どうした、遥?」

『どうしたじゃないよ、兄ちゃん！』

スピーカーから聞こえてきた遥の声は、酷く尖っていた。何やら腹を立てているらしい。訝しみながらも、弟には甘い甫は、同じ問いを重ねた。

「いったい何なんだ？」

『それもこっちの台詞！　深谷さんに何言ったのさ。帰ってくるなり、すっげー凹んでるよ。どうせ兄ちゃんが、また酷いこと言ったんでしょ。駄目じゃん。何度も言ってるけど、俺のほうが深谷さんに手を出したんだからね！　深谷さんじゃなくて……』

てっきり自分に用事があるものと思ったのに、遥はどうやら、知彦が落ち込んでいる原因が甫だと決めつけ、非難すべく電話してきたらしかった。

「……何の話だ」

幻滅、かつ脱力して言葉を返した甫に、遥は膨れっ面が目に浮かぶようなツンケンした声で話を続けた。

『だから！　公私混同で、深谷さんのこと苛めたんじゃないの？』

「おい、何を馬鹿なことを言ってる。深谷がそう言ったのか？」

『深谷さんは、兄ちゃんのこと絶対悪く言わないよ！　だけど、凹んでるときはたいてい原因は兄ちゃんだもん。俺、深谷さんのこと苛めたらただじゃおかないって言ったのに！』

「おい、藪《やぶ》から棒にいったい何を」

遥の非難に耐えかね、さすがに厳しい口調で言い返そうとしたとき、もうひとりの声が飛び込んでいた。知彦だ。知彦が仕事から帰り、二人はどうやら、またしてもコッペパンの試作に励んでいるらしい。

『ち、ちょっと、遥君！　僕が凹んでるのは僕のせいだから。大野木先生は悪くないんだから、そんなことは……』

『いつも深谷さんはそう言うけど！　兄ちゃんの深谷さんに対する態度、ちょっと酷いよ。もっと怒ったほうがいいよ！　深谷さん、優しすぎるよ』

「………」

もう二人のやりとりを聞いていられず、甫は通話終了ボタンを押した。

今、このタイミングで、しかも弟にまで、恋人とはいえ他人のことをあからさまに庇《かば》い、兄の自分を頭ごなしに非難されては、さすがの甫も心とプライドがズタズタに引き裂かれた気分になる。

携帯電話を再びポケットに突っ込み、甫は再び頭を抱えた。そうしていないと、身体じゅうの力が抜けて、床に倒れ込んでしまいそうだったのだ。

再び震え始めた携帯電話を無視して、甫はギュッと目をつぶった。今はこれ以上、何も見たくないし、何も聞きたくない。

生まれて初めて、心が壊れそうになるというのがどんな状態なのかを己の身で思い知らされ、自分が世界のすべてから拒絶されたような気分で、甫はしばらくそのまま、立ち上がれずにいた……。

五章　不思議な恋人と最強の呪文

どこに身を置けばいいかわからない。

それが、甫の今の心情のすべてだった。

リハビリテーション科から身を引いて古巣の整形外科に戻りさえすれば、元通りの平穏な生活が送れる。あの不心得な療法士たちとも、外部から仕事を依頼するだけの立場になれば、これ以上関係が悪化することはあるまい。……ついさっきまでそんな、ある意味安直な気持ちでいた。

知彦に抱いている微妙なわだかまりも、上司と部下でなくなりさえすれば薄れ、もっと心を広く持てるようになるかもしれない。遥と知彦のことも、今よりもう少しくらいは温かく見守れるようになれるかもしれない。密かにそんな風にも思っていた。

だが、すべては恐ろしいほどの脆《もろ》さで崩れ去った。

学生時代からずっと目標だった、そして自分を特別に評価してくれていると思っていた越津准教授が、自分を裏切っていたことを知ってしまったのだ。

彼は甫を疎ましく思い、甘い言葉で騙してリハビリテーション科へ送り出した。それは事実上の左遷であり、仕事のできる彼を追放しておいて、理事の息子である同期を講師の座に座らせるための人事異動でもあった。

やり手と言われる越津准教授のことだ。理事の息子を優遇することで、自分が近い将来に出馬予定の教授選において、少しでも有利な立場を確保するつもりなのだろう。

（俺は……馬鹿だ）

今になって考えれば、非常にクリアで単純な策略だ。同期たちに嘲笑われても仕方がない。何故これまで気付かなかったのかと、自分自身を詰りたくなる。

だが、甫は心から越津を尊敬し、信頼していたのだ。

海外留学歴があり、手術の手技に優れているだけでなく、多忙な職務の合間を縫って基礎的な研究もこなし、論文の投稿数も医局内どころか、学内でもずば抜けて多い。

どんなに長い手術の後でも颯爽《さっそう》としており、スタッフに対しても患者とその家族に対しても、常に温厚な姿勢を崩さない。その一方で、見るべきところはしっかりと見ており、必要なタイミングで部下を呼び、核心を突いた注意と指針を与える。

そうしたスマートさと厳しさが共存した越津のやり方は、いつも甫の憧れだった。

彼の下につき、整形外科医としての技術を学びつつ、人間的にも彼に少しでも近づきたい。甫はずっとそう願っていたし、そうするよう努めてもきた。

だから、リハビリ科へ行けと命じられたとき、甫は心底ガッカリしたものだ。越津のもとでもっと勉強したい……そう訴えた甫に、越津は綺麗な笑顔で言った。

「君がいつか整形外科のトップになる日の予行演習だと思いなさいよ。大きな器に入れてやらなきゃ、人は育たない。ここから数年間の君の成長を、僕はとても楽しみにしてるんだよ」と。

(あれはすべて、俺を追い払うための方便だったのか。それなのに、俺は愚かにも頭から信じ込み、大喜びで受け入れたんだ。これは、越津先生が俺を信頼してくれているからこその人事だと……)

甫はふらつきながら、人気《ひとけ》のない廊下をトボトボと歩いていた。

まだ白衣を着たままだし、上着も荷物もリハビリ科の医局に置きっぱなしだったが、取りに戻る気にはなれなかった。

知彦にああ言った以上、話は谷田部にも伝わっているだろう。リハビリ科を捨てようとした自分には、もうあの場所に行く資格はない。そんな気すらした。

かといって、越津の真意を知ってしまった以上、そして同僚たちが自分を愚か者と嘲笑っているのを聞いてしまった以上、整形外科も、もはや戻れる場所ではない。

ただひとりの弟である遥さえも、恋人の知彦を心配し、彼に心労を与えた甫を責めた。

(何故、こうなった。俺が何をしたというんだ)

もう世界中のどこにも、自分を受け入れてくれる場所はない。自分を評価し、自分を必要としてくれる人も、誰もいない。

そんな、未だかつて一度も味わったことのない孤独感が、甫を苛《さいな》んでいた。

これまで築いてきた実績は、すべて砂の上に組み上げた粗末な小屋のようなものだったのかもしれない。風が吹いただけですべてがバタバタと崩れ去り、何もなくなった広大な砂浜にただひとり、呆然と立っている気分だった。


そして……気がつけば甫は、小雨が降る中、白衣とサンダル履きのまま、傘もささずに外に出ていた。

病院のだだっ広い駐車場にはまばらに自動車が停《と》めてあるだけで、濡《ぬ》れたアスファルトは夜空と同じくらい黒々としている。

そんな駐車場をバックに、ささやかな明かりを灯《とも》しているのは、「フラワーショップ九条」だった。店舗入り口のシャッターは半分閉められているが、開いたままの下半分から光が漏れている。

ポツポツとまばらな雨粒を顔に受けながら、甫は夢遊病患者のようにおぼつかない足取りで、温かな光に引き寄せられていった。

「すみません。今日はもう閉めちゃいまして……」

閉店後、土間に作業用のテーブルと椅子を持ち出し、フラワーアレンジメントを作っていた九条は、シャッターを潜《くぐ》って入ってきた人影に気付き、おきまりの台詞を口にした。

しかし、入ってきたのが甫だと気づき、ハサミを置いて弾かれたように立ち上がった。

無理もない。甫自身は気付いていないが、やつれきった姿に充血した目をした彼は、今にも倒れそうなほど憔悴《しょうすい》しきり、まさにギリギリの状態であることがわかる惨状である。

「大野木先生？　いったいどうなさったんです。びしょ濡れじゃないですか。ちょっと待っていてください！」

慌てて店の奥に駆け込んだ九条は、すぐにバスタオルを手に戻ってきた。魂が抜けたような顔つきで、シャッターを背にただぼんやり立っているだけの甫に驚きつつも、頭からバスタオルを被せ、濡れた髪を拭いてやる。

タオルの下から、くぐもった甫の声が聞こえた。

「お前が、来いと言った」

「……はい？」

思わず聞き返した九条に、甫はタオル越しにもさもさと答える。

「酒を飲んで街角で寝るくらいなら、ここに来いと、お前が言ったんだ」

今度は甫の言葉がちゃんと聞き取れて、九条は微笑む。

「はい、確かに言いました。覚えていてくださって……ちゃんとここに来てくださって、

嬉しいですよ」

タオルをどけると、甫はぼんやりと虚空を見ながら呟くように言った。

「ここしか……思いつかなかった。他に行ける場所がなかった。どこにも」

眼鏡のレンズが濡れているのに、それを気にする様子もない。よほど大きなショックを受けているらしい。

そんな甫に胸を痛めつつ、九条は両手で甫の眼鏡をそっと外した。それをテーブルに置くと、濡れて血の気の失せた顔をタオルで拭き、乱れて額に貼り付いた髪を後ろに撫でつけてやる。

現れた額は白く、形がよかった。甫の知的な顔立ちが、前髪を上げると一層際立つようだ。甫はただ、されるがままで突っ立っていた。

「ここを思い出してくださっただけでも上等ですよ。おかげで、あなたを探し回らずに済みました」

九条はそう言うと、遠慮がちに甫の頬に触れた。今回は、甫はそれを拒まなかった。ただ、触れられると葉を閉じるオジギソウのように目を伏せる。

「冷たいほっぺたをしていますね。ずっと、寒いところにいたんですか？　医局ではなくて？」

「……廊下」

「ああ、それでは冷えるわけですよ。さあ、奥へ入ってください。すぐに熱いお茶を煎《い》れますから」

九条はそう言ったが、甫は頑として動こうとしなかった。九条は少し困った顔をしたが、強引に腕を引くことはせず、甫の白衣の襟に手を掛けた。

「だったら、ここにいても構いませんから、せめてこの濡れた白衣を脱いで、僕の上着を着てください。風邪を引きますよ」

「………る」

白衣の胸元に触れた九条の手を払うことはせず、軽く俯いたままで甫は呟いた。微かな声を聞き取れず、九条は白いプラスチックのボタンを器用に外しながら問い返す。

「今、何と?」

「俺は何のためにいる?」

今度は少し大きな声で、それでもまた項垂れたまま、甫は言った。その声に滲《にじ》むあまりの苦さに、九条はすぐに答えることができない。

「大野木先生……」

「誰も、俺を必要としない。俺は、誰にとっても、いなくていい存在なんだ」

甫は、九条が次々とボタンを外すのをぼんやり見ながら、虚ろな声で言った。

「遥は……弟は、俺より恋人を取った。小さな頃からずっと、俺が育てたようなものだったのに。ずっと俺の後をくっついてきたのに。俺がいないと駄目だと言った癖に、自分から俺の手を振り解いた」

「………………」

　昨夜、偶然とはいえ、知彦と会い、ざっくりした事情を聞いておいてよかったと九条は思った。何も知らないままでは、今、こんなふうに甫が心の内を語っていても、部外者の九条にはとても理解しきれなかっただろう。

「リハビリ科の療法士連中は、俺が導入した新しいシステムは評価しておきながら、俺自身のことは排除したがっている」

「……はい」

　知っていますとは言えず、九条は曖昧な相づちを打ちながら、甫の白衣を脱がせる。触れた甫の手は、ギョッとするほど冷え、細かく震えていた。

「ならばと古巣に行ってみれば、学生時代から尊敬して、師と仰いでいた上司は……俺を騙していた。リハビリ行きは俺の出世のためだと言ったくせに、嘘だった。自分の出世のために、俺を見捨てたんだ」

「……おや……」

　それは聞いていないな、と九条は思った。どうやら、甫に近いところにいる知彦ですら、彼の抱えている悩みのすべてを把握しているわけではないらしい。

そんな九条のリアクションに、ほんの少し我に返ったのだろう。甫は深く嘆息して、自嘲気味に言った。

「お前にこんな話をしても、わからないな。すまん」

「わかりますよ。すべてではありませんが、ある程度は」

九条は着ていたジャンパーを脱ぎ、甫にふわりと着せかけてやりながら、簡潔に言った。

甫が訝しげに眉根を寄せたので、さりげない説明を付け加える。

「ほら、僕は病院じゅうに出入りしてますからね。独自の情報網があるんです。好きな人のことですから、ついリサーチをしてしまって。すみません」

「……なるほど」

知彦に迷惑をかけないための適当な作り話だったのだが、いつもより思考能力が大幅に下がっている甫は、素直に納得し、再び視線を床に落としてしまった。普段なら余計なことをするなと激怒しただろうが、今はそんな余裕などありはしない。

「それに、一つ一つの事情はわからなくても、あなたがこの上なく参っていることはわかります。僕はただひたすら、そんなあなたが心配なだけですよ」

そう言いながら、九条は大きめのジャンパーの前を寄せ、甫の身体をくるんでやった。

「こうして濡れたあなたを拭いて暖かくしてあげる以外に、僕にできることはありますか？」

さっきまで着込んでいたので、ジャンパーは九条の体温を帯びている。その温もりが冷えた身体に染み込んでくるのを感じながら、甫は九条を見ないままボソリと言った。

「お前に権利を行使させてやる」

「……はい？」

咄嗟に甫の言葉が理解できず、九条はキョトンとする。やや上目遣いにそんな九条の細面を睨み、甫は早口に言葉を重ねた。

「俺を慰めてみろと言っているんだ。慰められるものならな。俺は史上かつてないどん底だ。いったいどんな言葉で、お前は俺を慰める気なんだ？」

けんか腰の問いかけを聞いた九条は、優しい眉を軽くひそめ、微苦笑した。

「……ああ。思ったとおり、あなたは律儀な人ですね。僕に、あの特別な権利を満喫するチャンスを与えに来てくださったんだ」

「そうだ。ありがたく思え」

ふて腐れたように甫は吐き捨てる。

見るからにボロボロになり、それに比べれば実に控えめな愚痴を吐きつつも、高圧的な物言いを崩せない。そんなプライドの高さも、甘え方を知らない不器用さも、九条にはたまらなく愛おしく思えた。

いまにもくずおれそうなのに、必死で足を踏ん張って矜持《きょうじ》を保とうとし……それでも救いを求めて、おずおずと身を寄せてくる。その意地と弱さのアンバランスな交じりようは、八歳年下であるはずの九条に、奇妙な庇護《ひご》欲《よく》を抱かせる。

「嬉しいですよ。でもあなたは……本当に、何もわかっていない」

「何だと？」

「こういうとき、言葉は無力なんですよ。あなたは疲れきって見えるけれど、心はもっとくたびれ果てているんでしょう。そんな心に、何を言っても響くわけがない。種のない土にいくら水を撒《ま》いても、花は咲きません」

「だったら……どうするんだ」

「決まっています。こうするんですよ」

そう言うと、九条は一息に甫との距離を詰め、いきなり腕を広げた。

「！」

意外なまでに強い腕に抱き寄せられて、甫は驚きの余り硬直してしまう。その緊張を解すように、九条の大きな手が、甫の背中を優しく撫でた。

「大丈夫。あなたの望まないことはしません。だから……力を抜いて。ここへ来たからには、そんなに頑張ってひとりで立っていなくていいんですよ。僕にだって、あなたを支えるくらいの体力はありますから。この前は、ちゃんとあなたを背負って帰ったでしょう？」

「何故だ」

「何がです?」

「何故、お前はそんなふうに俺を構いたがる」

戸惑いに満ちた問いかけが、吐息と交じって九条の髪をくすぐる。九条はささくれだった甫の気持ちを宥めるように、穏やかに囁いた。

「単純なことです。あなたが好きだから」

「……何故だ」

繰り返される同じ言葉に、九条は溜め息混じりに笑った。

「そこに理屈を求めますか? 素敵だからですよ。あなたのすべてが」

「すべて?」

こんなにへこたれているときでも、とことん情報を得るまでは納得しない甫の性格は引っ込まないものらしい。だが相手も、何事に対しても照れるということのないらしき九条である。

「そう、すべて。僕よりちょっと低い身長も、このふわふわした髪も、綺麗に巻いたつむじも、眉間の縦皺も、日本刀みたいな目も、高い鼻も、への字の唇も、高からず低からずよく通る素敵な声も、長い首も、すっきりしたうなじも、こうして抱くのにちょうどいい肩幅も、指の綺麗な手も……まだ聞きたいですか?」

立て板に水の滑らかさで滔々《とうとう》と甫の美点を並べているうち、甫の顔が耳まで赤くなってきたのに気づき、九条は笑いながらリストアップを中止する。

「……もういい」

真っ赤な顔で呻くように言った甫は、それでも陰鬱な面持ちで呟いた。

「見てくれなら……他にもいいと言ってくれた奴はいるんだ。それでも……一度は婚約までした彼女も、結局は去った。俺が大事に思う人たちは、みんな俺のことを同じように思ってはくれない。俺は、きっと無価値なんだ。そう感じるたびに、少しずつこの身体が消えていくような気がする」

「価値がない？　そんなはず、ないじゃないですか。馬鹿なことを仰る」

呆れ顔でそう言って、九条は甫の頬に片手を当て、優しいが強い力で、甫の顎を上げた。いかにもしぶしぶ、まだ目元に赤みの残る顔で、甫は九条の顔を見上げる。

「僕なら、あなたが想像もつかないほど、あなたのことを大事にできますよ」

何のてらいもない素直な言葉に、甫は喜ぶどころか真っ直ぐな眉を吊り上げた。少しだけ光の戻った目で、すぐ近くにある九条の顔を睨む。

「嘘だ。お前だって、今はそう言っていても、早晩あっさり離れていく気なんだろう。わかってい……」

「いいえ。あなたが嫌がっても離れません。僕は気持ち悪いほど粘り強い男ですよ」

「な……っ」

その、どこまでも優しいくせに妙な力のある九条の双眸に、甫はドギマギして目を逸らそうとする。だがそれを片手で頬を押さえて許さず、九条は甫を至近距離でじっと見つめて言った。

「誰かが自分を必要としてくれないと消えてしまいそうだと仰るなら、僕を見てください。あなたが好きで、あなたをこの上なく大切にしたいと思っています」

「九条……」

「いくらでも僕を構って、叱ってください。僕は、あなたのためなら何でもしてあげたいと思う一方で、あなたになら無限に世話を焼かれる覚悟だってあります。それが、あなたにとって慰めになるならば、そうされることもまた、僕の権利の内です」

あまりの力説に、さすがの甫も毒気を抜かれた様子で、ぽつりと言った。

「……小難しいことを言う」

「すみません。でも、僕は本気です。正直、あなたを必要としているのが、世界中で僕ひとりならいいとさえ思っています。それなら、あなたが丸ごと僕のものになってくれる可能性だってある。そうでしょう？　だから……」

しかし、甫はやはり険しい顔に戻り、こう吐き捨てた。

「もういい。お前はよく口が回る。だから、言葉だけでは信用できん」

「大野木先生……？」

「行動で示せ。俺がどれほど必要か。……今夜は、そういう気分なんだ」

その大胆な甫の発言に、さすがの九条も驚いた様子で息を呑んだ。

「先生。ご自分が何を仰っているのか、わかってますか？」

「わかっている。今は完璧な素面《しらふ》だ」

甫はキッパリ言った後で、さすがに気まずくなったらしく、微妙に目を伏せて早口に言った。

「途方に暮れて歩いていて……気がついたらここに来ていた。無性に、お前の顔が見たいと思った。お前の声を聞きたいと思った。お前にになら、触られてもいいとも思った。その理由を知りたいんだ」

普段は饒舌《じょうぜつ》な九条も、甫が初めて自分に向けてぶつけてきた感情に、言葉を失う。甫は、そんな九条のツナギの襟をギュッと摑んだ。

「今も……こうされて、ホッとする自分がいる。この気持ちの正体を、俺は知りたい」

ようやく落ち着きを取り戻した九条は、戸惑い顔で甫の冷たい頬を撫でた。

「でも先生は、男を相手にしたことはないでしょうに」

「誰でも、初回は素人だ」

甫らしい切り口上の返答に、九条の顔にもようやく微笑が戻ってくる。どうやら、甫が本気らしいと理解できたのだろう。

「あなたが酷い状態だと知っていて、つけこみますよ？」

「つけこむだけか？」

「いいえ。つけこんで、僕のすべてをあなたに捧げます。それが僕のやり方です」

「……なら、それでいい」

何かを振り切るようにそう言って、甫は九条の肩に額を押し当てた。その、子猫が母猫の腹に顔を埋めるような仕草に、九条は笑みを深くする。

「わかりました。……何もかも、あなたのお望みのままに。でも、一応、確かめておきましょうか」

「確かめる？」

思わぬ言葉に顔を上げた甫は、急に近づいてきた九条の顔に驚いて目を見張った。しかし、彼の意図を悟ると、そっと目を伏せる。

それに誘われるように、九条は甫に口づけた。いつもムスッと引き結んだ甫の唇に、何度か触れるだけのキスを繰り返し、それから催促するように舌先でくすぐる。

「……んっ……」

躊躇いがちに開いた唇から舌を差し込んでも、甫は拒まなかった。自分の舌でぎこちなく応じようとする甫の不器用さが、九条を喜ばせる。

九条の片腕はずっと甫の背中を抱いていたが、ここにきてようやく、甫の手がいかにも

怖々《こわごわ》、九条の背に回された。

「……なるほど。本当に大丈夫みたいですね。よかった」

甫の舌を十分に味わってから、九条は唇をほんのわずか離し、安堵と喜びの滲んだ声で囁いた。

「俺は……嘘はつかん」

長いキスで涙目になりながらも、甫は羞恥をごまかそうと凄んでみせる。年上とは思えないその意外な可愛らしさに、九条は思わず甫をギュッと抱き締め、そして赤らんだままの耳元で囁いた。

「では本格的に、僕の権利を行使させていただきます。あなたが音を上げるまで、慰めて甘やかして差し上げますから……上へ行きましょうか」

九条の首筋に顔を埋めたままで頷いた甫の頬は、焼けるように熱かった……。


「……っ」

「駄目ですよ。我慢大会じゃないんですから、声をこらえないで」

この期《ご》に及んで頑固に残った羞恥心を窘《たしな》めるように、九条の指が甫の唇をこじ開ける。その瞳と同じくらい、優しい癖に容赦のない指先だ。

もう一方の手に脇腹を撫で上げられ、甫は思わず息を詰めた。

「あ、あッ」

「大丈夫。僕しか聞いてないんですから、遠慮しないでください」

酷く楽しげな声が頭上から降ってくる。甫はギュッとつぶっていた目を開き、恨めしそうに自分を組み伏せている男を見上げた。

確かに、慰めろ、甘やかせと要求したのは自分だが、まさかここまでとは思わなかった……と、甫は心の中で後悔めいた泣き言を繰り返す。

九条の「権利行使」は、本当に水も漏らさぬ徹底ぶりだった。

二階の敷きっぱなしの布団に押し倒されてからというもの、甫は何一つ自分ではさせてもらえずにいた。

自分で服を脱ごうとすると、「楽しみを奪わないでください」と止められ、それこそゲンナリするほどキスを繰り返しながら一枚ずつゆっくり脱がされた。

そして薄暗がりの中、人生で初めて自分自身の表面積について思いを巡らせてしまうほど、全身にくまなく手と唇と舌で触れられた。

九条は驚くほど的確に……それこそ甫自身が知らなかったところまで、弱いポイントを探り当て、執拗《しつよう》な愛撫《あいぶ》を施す。それが止んだのは、甫が羞恥心のあまり癇癪を起こして、お前も脱げと怒鳴ったときだけだった。

「どうしてこのシチュエーションで、そんな凄い剣幕で怒りますかねえ、あなたは」

不思議そうに笑いながら、九条はそこで初めてエプロンを外し、ツナギのジッパーを下ろした。そして、Tシャツを胸までたくし上げたところで、少し心配そうに甫の顔を見た。

「いいんですか？　見ても楽しくない男の身体ですよ？」

「……べ……べつにっ……、お前の身体を見て喜びたいわけじゃない。俺が欲しているのは、公平性だ……っ」

九条は、自分が服を脱いでいる間も、布団の上についた両膝で甫の腰を挟みつけたままでいる。起き上がることすら許されない甫は、そんな減らず口をたたきつつも、目の前で徐々に露《あら》わになる九条の身体から目を逸らせずにいた。

細身に見えた九条だが、実際に脱いでみると過剰ではないがしっかりと筋肉がついていた。たくましいというより、豹《ひょう》を思わせるようなしなやかな身体つきである。

さっき眼鏡を奪われたことを、甫はどの宗教のだかわからない神に闇雲に感謝した。ぼやけていても、九条の身体は十分すぎるほど、そして同性の目から見ても惚れ惚れするほど魅力的だったからだ。

これですべてが鮮明に見えていたら、甫はコンプレックスで死にたくなっていたかもしれない。彼とて決して貧弱な体軀《たいく》ではないが、それでも肉付きは九条より確実に薄い。

「あなたの身体は、ほっそりしていてとても綺麗ですよ。それに僕にはちょうどいい」

甫の胸中を見透かしたように、すべてを脱ぎ捨てた九条は、再び甫に覆い被さってそう言った。甫は鼻筋に微妙な皺を寄せる。

「どういうことだ、ちょうどいいとは」

「ちょうどいいんですよ、こうやって抱き締めるのに」

そう言って、九条はうっすら汗ばんだ甫の身体をすっぽりと腕に包み込んだ。年齢差から来るものか、ほんの少し高い九条の体温が、触れ合った肌から甫に伝わる。

「ね、ぴったりでしょう」

「……それは微妙に腹立たし……くっ、ぁ」

体格差をさりげなく思い知らされ、ムッとした甫だが、言い返そうとしたそのとき、思わず声を上げた。腰に回された九条の荒れた指が、甫の後ろをまさぐったからだ。

さっきからさんざんローションを絡めた指を出し入れされ、そこはもう奇妙な熱を帯びている。決して不快感がないわけではないが、今は痛みよりも、これまで経験したことのない疼《うず》きが、甫を苛んでいた。

「痛みは……しないでしょう？」

質問というよりは確認の調子で訊ねながら、九条は粘膜の襞《ひだ》をくじるように荒れた指先を大きく動かす。

「んあっ、ぁ……痛く、は、ないが……も、もう……」

下腹部がずっしり重くなるような異様な感覚に、甫はやるせなく身を捩《よじ》らせた。

指を入れられると酷い圧迫感を感じるのに、抜かれると今度は喪失感に襲われる。その連綿と続く責め苦に似た行為に、甫の口からは哀願めいた声が漏れた。

「もうやめろ？　それとももう挿《い》れさせろ、あるいはもう挿れろ……どれですか？」

いくぶん乱れてはいるものの、あくまで冷静な九条の声に、甫はやけに悔しくなって唇を噛んだ。いかにも、年下の男に好き放題弄《もてあそ》ばれているような気がしたのだ。

だが、それを敏感に察したのか、九条は「そういうことじゃありませんよ」と甫の紅潮した頬にキスを落とした。

「本当に……あなたの望むようにして差し上げたいんです。無理強いはしたくありませんから。……ただ」

「ただ……？」

「とりあえず今日のところは、僕に任せて頂くのがお勧めです」

九条はけろりとしてそんなことを言う。その余裕が憎らしくて、甫は声を尖らせた。

「お前に……任せる、だと？」

「だってあなた、こういうときでも完璧主義でしょう？　あれこれ段取りを考えて、疲れ果ててしまいそうですから。……若造にいいようにされるのは嫌でしょうけど、今夜は、僕にパーフェクトに甘やかされてください」

ね？　と、耳たぶを噛みながら囁かれ、甫は鼻にかかった声が出そうになるのを危うい

ところでこらえる。九条はクスリと笑うと、甫の手をそっと取った。

「真面目な話、僕は、あまりこういう直裁的なやり方は好きではないんです。でも、これがいちばん、僕があなたを必要としていると実感して頂けることなんじゃないかと思うので」

「……な……あ、っ」

いったい何をする気かと問い質そうとして、次の瞬間、甫は息を呑んだ。九条は、自分の下腹部に甫の手を導いたのである。

初めて触れる他人のものに、甫の手は痙攣《けいれん》したように震える。その手に自分の手を添えて自分の楔《くさび》を軽く握り込み、九条は熱を帯びた声で囁いた。

「あなたに触れられなくても、こうなるくらい……僕はあなたが好きです。信じて頂けますか?」

確かに、九条のそこは既に十分過ぎるほどの熱を持ち、固くそそり立っている。手のひらで感じる熱さと強い血管の拍動は、九条の甫への想いを体現しているように思われた。

「ふ……っ」

少し手を動かすと、九条が不意打ちに驚いたように息を詰める。平静を装っていても、彼もまた危ういほどに昂《たか》ぶっているのだ。

強く求められているという実感が、甘露のように甫の身体を満たしていく。

「お前の権利を行使するんだろう。……好きにしろ」

溜め息混じりに降参を宣言し、甫は覚悟を決めて目を閉じた。

しかし、九条はそのまま動こうとしなかった。甫の手の中で、九条の楔は猛々《たけだけ》しく脈打ち、すぐにでも甫の身体を蹂躙《じゅうりん》したがっているにもかかわらず。

そっと目を開けた甫の真上に、九条の顔があった。いつもはあまり男を感じさせない優しい顔が、今は軽く汗ばみ、どこか野性味を感じさせる。

「……どうし、て」

眉をひそめ、明らかに衝動に耐えていることがわかる九条の顔を見上げ、甫は詰るように問いかけた。

どうして、許可しているのに好きなようにしないのか。そう訊ねた甫に、九条は切なげな眼差しで、けれどハッキリとこう言った。

「許可を頂いたのは嬉しいんですが、あなたに無茶をさせるのは本意ではないんです」

「九条……」

「最後までやらなくても、あなたの手の中にある僕のも……それから」

花を扱うときと同じくらい大事そうに、九条の荒れた手が甫の張り詰めたものを包み込んだ。

「んっ……ぅ」

ざらついた指先で先端を弄られ、甫はくぐもった声を上げる。

一度手でいかされた後、延々と絶頂を逸らされ続けていた甫の楔は、硬く張り詰めて澄んだ雫《しずく》を滲ませていた。

「今のあなたと同じくらい涙目のこれも。それなりに満足させる方法はありますよ。手なり、口なり」

「くっ……く、く、口……」

知識では知っていても、そんな奉仕をしたこともされたこともない甫は、驚愕の表情で硬直する。その強烈な反応に、九条は慌てて言った。

「別に、あなたにそれを強いるつもりはありません。ただ、あなたがお望みなら、僕が」

「何を言うか！　そ、そんな非衛生的なことを……要求するつもりなど、断じてないッ！」

「……ぶッ」

必死の形相で訴える甫に、九条は思わず噴き出した。てっきり、ハードなプレイを要求されて恐怖にかられていると思いきや、甫が気にしていたのは、どうやら衛生面であったらしい。

「非衛生的……ですか。なるほど、さすがお医者さんですね。でしたら、手で。それでもいいんですよ？　ただでさえ参っているあなたに、これ以上の無理を重ねてほしくはありません」

欲望に掠れた声でそんなことを言われても、苛立ちが募るばかりだ。甫は、襟首を掴む代わりに、九条の長い髪をグッと掴み、引っ張った。

「あ痛ッ。な、何をなさるんです、大野木せんせ……」

「ここまで来て、中途半端な労りなど不要だ！　やるなら徹底的にやれ」

そもそも、この行為を要求したのは自分のほうだ。ムキになっていないと言えば嘘になるが、九条がどのくらい本気で自分を欲しているのか、確かめたい気持ちも大いにあった。

そんな微妙な甫の心理を知ってか知らずか、九条は嬉しいのと困ったのが入り交じった複雑な面持ちで、けれど男の本能と戦っていることが明らかな掠れ声で囁いた。

「いいんですね？　いくら僕でも、ここから先に進んでから止める自信はありませんよ？」

「くどい！」

素っ裸で抱き合ったまま、しかも昂ぶったお互いの熱を手の内に納めた異様な状況で延々と押し問答するのに耐えかねて、甫は九条のそれを握る手に思わず力を込める。

「うっ……せ、先生、意外とサディストですね」

突然の攻撃に思わず声を漏らした九条は、しかしそれで何かが吹っ切れたのか、「わかりました」と唸るように言った。

「あなたがそこまで言ってくださるなら、僕ももう手加減しません。僕のすべてを捧げて、あなたに忘れられない夜を」

「そういう……恥ずかしい言葉はもうたくさんだ！」

真顔で囁かれる殺し文句に耐えかねて、甫は噛みつくように怒鳴った。顔を背け、照れて歪んだ情けない表情を見られまいとする。

「そうですね。善は急げと言いますし」

笑いを含んだ声でそう言い、九条は甫の熱から手を離した。そして、甫の手をも自身からそっと外すと、優しく、しかし有無を言わさず、甫の身体をうつ伏せに返した。

「な……っ？」

「最初は後ろからのほうが、たぶん楽ですから。……膝を立てて」

唖然《あぜん》とする甫のウエストに、九条は腕を差入れ、腰を高く上げさせた。屈辱的な姿勢に、甫の顔にカッと血が上る。

「こ……こ、こ、こんな、動物みたいな……」

「しばらくの辛抱ですから。……ね？」

宥めるように甫の肩胛骨《けんこうこつ》にキスをしながらも、九条はもがく甫を背後からすっぽり包み込んで押さえつけ、逃がさない。

「……ッ」

さっきから九条の指で解され、熱を持って疼くそこに、さらに熱く固いものが押し当てられる。その未知の感覚と、身体を押し開かれるというリアルな感覚が恐怖に姿を変え、甫は思わず総毛立った。

「待て……っ」

半ば無意識に逃げを打つ甫を押さえ込み、九条は目の前の綺麗なうなじにカリッと歯を立てた。

「！」

軽い痛みに、甫はビクリと身体を震わせ、動きを止める。

「大丈夫。力を抜いて。僕はあなたを慰めて、甘やかしたいだけなんですから。……傷つけはしません」

「そ……んなことを言われても……ふ……んっ」

一度は放置された前に手を回され、そこをゆるゆると扱《しご》かれて、布団に突っ張っていた甫の腕が折れ、上半身が布団に頽《くずお》れる。強張った身体から力が抜けたそのタイミングを逃さず、九条は脈打つ自身を甫の身体に突き入れた。

「あッ！」

高い声を上げ、甫はその衝撃に冷たいシーツを握り締める。たちまちきつく締め付けられ、九条も苦しげに囁いた。

「う……っ、さすがに……そこまで締められると厳しいです。緩めて……いただけませんか」

「そんなことを……言われ、てもッ」

「できますよ。ゆっくり馴染ませますから。……深い息をして。ゆっくり。そう」

一方的に侵略される姿勢に甘んじながらも、必死で息を吐き、自分を受け入れようとしている甫がいじらしくて、九条は甘い溜め息をついた。そして、甫の一度は萎えかけた楔や滑らかな胸元をくすぐるように愛撫して気を散らしてやりながら、小刻みに腰をスライドさせ、自身をより深く進めていく。

やがて九条が動きを止めたのに気付き、甫は固い枕に頬を押しつけたまま、荒い息混じりに問いかけた。

「はい……った、のか？」

「お陰様で」

冗談めかした返事と共に、甫のむき出しの背中に九条の上半身が覆い被さってくる。その確かな温もりと重さに、甫は不思議な安堵感を覚えて嘆息した。

「痛くはないでしょう？」

静かな口調とは裏腹の熱い吐息が、九条の必死の忍耐を物語っている。正直、無理矢理広げられた部分はチリチリした痛みを伝えていたが、それを訴える気にはなれず、甫はごく小さく頷いた。

「いい、から……動け」

「あなたのお望みのままに」

恭《うやうや》しく言いつつも嬉しそうに、九条は身を起こした。甫の細い腰を摑み、ゆっくり抜き差しを始める。

「っ……う、あ、あっ……」

突き入れられるたびに、九条の形を生々しく感じ、隙間なく身体の奥底を埋められる。きつく擦られる粘膜から、今まで知らなかった苦痛だか快感だかわからない感覚が生まれ、甫を混乱させた。

「い……や、だ……っ」

シーツを握り締め、首を振りながら訴える甫に、さすがの九条も息を乱しながら、狼狽した声音で言った。

「こ、この状況で……嫌だと言われても……っ」

「違……うっ」

甫は両手できつくシーツを握り締めたまま、必死で首を後ろにねじ曲げた。強すぎる刺激に潤んだ瞳で、九条を睨みつける。

「お前……が、見えないのにっ、好き放題されるのは……気に入らん！」

「……ああ。僕の顔がご覧になりたいんですか」

甫の意図を理解し、九条はホッとした顔で動きを止めた。そして、繫がったままで器用に甫の身体を反転させる。

「うあっ、ぁ」

無理のある動きに身体の奥底を抉《えぐ》るように突かれ、甫は悲鳴を上げた。だが、ようやく互いの胸が接し、至近距離に九条の顔が見えるようになり、その顔には不思議に安堵の色が過ぎった。

「僕もやっぱり、こっちのほうがいいです。あなたがいいかどうか、この目で確かめられる」

「そんな……ことは、どうでも……」

「よくありません。あなたをこってり甘やかすための夜ですからね。……何でも、してほしいことを言ってください」

紅潮した甫の頰を撫で、鼻の頭に音を立ててキスして、九条は幸せそうに笑う。その余裕が悔しくて、甫は九条の首に腕を回した。そして……。

「だったら……いい加減にその口を閉じて、本気で俺を甘やかしてみせろ！」

そう言って、初めて自分から、九条に文字通り嚙みつくようなキスをした……。

＊　　＊

「……う……？」

不思議な音で、うとうととまどろんでいた甫はうっすら目を開けた。

ピアノでもギターでもない……音色的にはハープに近いが、もっとフワフワした、それでいて澄んだ、不思議な高い音が遠くから聞こえてくる。

「なんだ……？」

傍らを見ると、九条はいなかった。

（あいつが、楽器を弾いているのか？　そういえば、花屋の前はミュージシャンをしていたと言っていたな）

いったいこれはどんな楽器の音なのかと興味を惹かれ、甫はゆっくりと起き上がった。

「つっ……くそ」

これまで経験したことのない鈍い腰の痛みに、ずいぶんと無茶な行為を強いられたことを痛感し、甫は小さく舌打ちした。

誰かに、最後までしなくてもいいと甫を思いやった九条に、どうせやるなら徹底的にやれと言い放ったのは甫だ。

しかし、まさかあそこまで、自分の身体を好き放題にされ、身も世もない声を上げさせられ、何も考えられなくなるまで抱き続けられるとは、予想だにしていなかったのだ。

そして今……一週間も悩み抜いて憔悴しきった身体はもはやボロ雑巾のような有様だが、

心は不思議なほどに安らかになっていた。

激しい行為の後、眠りに落ちるまでのひととき、狭い布団で寄り添って横たわったまま、甫は九条に色々なことを語った。

遥のこと、知彦のこと、越津のこと……そして、医局でのこの一週間のトラブルのこと。話術になど欠片も気を遣わず、ただ九条に促されるままに、胸の中に詰まっていたものを吐き出しまくった。

聞いて楽しい話など一つもなかったに違いないのに、九条は笑みを絶やさず、ただじっと耳を傾けていた。そうした彼の態度は、泥酔して吐き続ける甫の背中をさすり続けてくれた夜によく似ていた。

きちんと話し終えた記憶がないところを見ると、喋りながら電池が切れ、寝入ってしまったに違いない。

「まるで、小さな子供だな」

自嘲気味に呟きつつも、気分は悪くなかった。何一つ問題は解決していないのに、ずっとみぞおちに居座っていた重苦しいものがずいぶんと軽くなっている。

「……何だというんだ、いったい」

自身をコントロールできないことに軽く苛立ちながらも、甫はゆっくりと立ち上がった。絶え入るように眠ってしまった甫に、九条は自分のスエットを着せてくれていた。洗い晒して肌触りのいいものだが、サイズが大きいので、袖と裾を少しずつ折り返してあるのが子供扱いのようで面はゆい。

前回は滑り落ちた階段を今度はゆっくり注意しながら降りると、九条は土間にいた。

さっき甫が中断させてしまったアレンジメント作りの続きをしようとしたのか、ジャージの上下にエプロンをつけ、ジャンパーを羽織っていたが、その手の中にあるのはハサミではなく、奇妙な楽器だった。

長方形の板きれに、長さの違う細長い金属片が打ち付けてある。いかにも手作りらしい簡素な楽器だが、両手で包むように持ち、金属片を弾くことで音を出すらしい。

九条は首を僅かに傾げ、長い指でその不思議な楽器をポロンポロンと断続的に奏《かな》でている。

九条は長身の男だし、服装はお粗末なのに、何となくその姿が「竪琴《たてごと》を弾く乙女」の絵のような構図で、甫は思わず微苦笑してしまう。

その微かな笑い声に気付き、九条は視線を上げ……そして、甫の顔を見て彼もどこか嬉しそうに笑った。

「おや、お目覚めですか。あの疲れようでは、朝までお休みかと思っていましたが。もしや、この音で起こしてしまいましたか？」

甫は沈黙を肯定の返事に代え、サンダルを引っかけて土間に降りた。

「すみません。あまり大きな音が出る楽器ではないので、油断していました」

「いい。綺麗な音だった」

簡潔に言い、甫は九条の前に立って、その手の中にある楽器をしげしげと見下ろした。

「それは?」

九条は、愛おしげに金属片を軽く撫で、小さな音を立てて答えた。

「これは、カリンバというアフリカの楽器です。この鉄の棒を弾いて音を出すので、オルゴールのルーツと言われていますね」

「ああ……確かに、音色がそんな感じだった。これは、自分で作ったのか?」

「ええ。アフリカらしく、カリンバにはこれといった決まりはないんです。板の形も材料も、キイの材質も数も自由なんですよ。これは僕好みの音が出るように作った、三代目のカリンバです」

「今、弾いていた曲は?」

甫の好奇心に満ちた質問にさらさらと答えていた九条は、そこで初めて答えに詰まった。珍しいリアクションに、甫は訝しんで目を細める。

九条は、緩い癖のある前髪を掻き上げながら、照れくさそうに答えた。

「オリジナル曲……になるかもしれない即興のフレーズですよ。いえ、何となくこう……言葉にすると気障ですが、あなたに触れた喜びを、今なら曲にできるような気がしまして。

今夜の記念に」

「………！」

あまりにストレートな睦言《むつごと》に、甫の青白い顔にカッと血が上る。しかしこれは九条にとってもかなり恥ずかしい台詞だったらしく、彼も目元をぼんやりと赤くして照れ笑いした。

「すみません。正直に言ってみましたが、何やら非常に恥ずかしいですね」

「……恥ずかしいにも程がある」

仏頂面で吐き捨て、甫はドカドカと奥のダイニングへと行ってしまう。いかにも「今日が二人の記念日」的な九条の発言が恥ずかしすぎて、耐えられなくなったらしい。九条は笑いながらカリンバをそこに残し、後ろ手に何かを持って甫の後を追った。

「しばらく起きていらっしゃるつもりなら、熱いお茶を煎れますよ。……でも、その前に」

椅子にどっかと腰掛けた甫に、九条は隠し持っていたものを差し出した。それは、ガーベラとかすみ草で作った小さな花束だった。

「！」

甫は目を見張り、すぐには手を出さずに、胡乱《うろん》げな目つきで九条を見上げた。

「……何のつもりだ」

「もう、すっかりいつもの大野木先生ですね。やれやれ。実は、ご提案があるんですよ」

九条は花束を持ったまま、こう切り出した。

「何だ」

さんざん弱み……どころか、最低の自分をさらけ出し、身体まで重ねておいて、今さら格好をつけても仕方がないのだが、そうせずにはいられないのが甫という男である。

メタルフレームの眼鏡でささやかに武装し、居丈高に返事をする甫に、九条は可笑しさをこらえているのが明らかな笑顔で言った。

「僕の意思はとうにお伝えしてありますし、ドサクサとはいえこのようなことにもなりましたし」

「う……うむ？」

「これはもう、このままなし崩しに恋人関係になるということで如何《いかが》でしょうか」

「なっ……!?　こ、こ、こいびと、かんけい？」

難解な専門用語でも聞いたようにオウム返しする甫に、九条は「はい、恋人関係」と滑らかに繰り返す。

「一度寝たくらいで、と仰る手合いもおありでしょうが、あなたはそういう人ではなさそうですし。僕もそうです。まあ確かに順序的には逆になってしまいましたが、あなたのように煮え切らない理詰めタイプの方には、このほうが踏ん切りがついてよろしいかと。というわけで、おつきあいを申し込むべく、ささやかな花束など用意してみました」

「な……な、な、な」

どこから突っ込んでやればいいかわかりかねて絶句する甫に、九条は優しく言った。

「あなたは、何でもひとりで抱え込む癖があるようですから。僕のように、何でも言える、愚痴を吐ける人間が必要ですよ、きっと。……それとも僕は、あなたを満足させられませんでしたか？　権力の行使は不十分でした？」

「い、いやっ！　それは十分に……」

思わずセックスはもう堪能したと言いかけて口ごもった甫は、数秒考え、九条の手から花束を荒々しく引ったくった。

確かに、どんなふうに理屈をこねまわそうとも、つい数時間前、九条に抱かれてこの上なく安心した自分を甫は知っている。身体を経由して心までも満たされ、すべてが凪いだ今の状況を作ってくれたのは九条で、むしろ甫のほうが、そんな九条を必要としているのだ。

「……その提案……ひとまずは試験期間として、受諾してもいい」

照れ隠しのお堅い宣言に、九条は嬉しそうに破顔した。

「ありがとうございます。……正式採用されるよう、精いっぱい努めますよ」

「若い癖に、そういう物言いをどこで習……ん……っ」

恋人契約のキス、と悪戯っぽく言って、九条は甫の減らず口を自分の唇で吸い取ってしまう。そのとき、テーブルの片隅から、耳慣れた着信音が聞こえた。

「！」

弾かれたように二人は唇を離す。九条は思わぬ邪魔に苦笑いし、甫は気まずげに顔をしかめた。

「……俺の携帯か」

「ええ、白衣のポケットに入っていたので出しておきました。何度か鳴っていましたよ」

甫は二つ折りの携帯電話を取り、慣れた手つきで開いた。

「もしかするとリハビリの医局から……ああいや、全部遥からだ」

着信履歴を調べ、甫は顔を曇らせる。さっき、遥に一方的に詰られたことを思い出したのだろう。そのまま携帯電話の電源を切ろうとした甫の手にそっと触れて制止し、九条は言った。

「遥君というのは、弟さんでしょう？　留守電メッセージ、入ってるんじゃないですか？」

「入っているが……聞きたくない」

「どうして？」

ストレートに問われ、甫はモゴモゴと答えた。

「ここに来る少し前……弟に電話で詰られた。深谷を……俺の部下であいつの恋人である男を、俺が酷く落ち込ませたと。俺は、俺にかかわりあってあいつの立場が悪くならないように、遠ざけようとしただけだ。それなのに……」

「おやおや。でもほら、人間、身内にはつい無神経な言動をしてしまうものですから。それはきっと、弟さんが先生に甘えているんですよ」

「そういう……ものか？」

九条の言葉に、甫はそれでも携帯電話を握ったまま逡巡している。そんな甫の背中を抱くように身を屈め、九条は悪戯っぽく囁いた。

「ほら。いたずらに時間を置いても、メッセージの内容が気になって仕方なくなるだけですよ。思い切って聞いたほうがいいです。……今ならまた凹んでも、僕が力の限り慰めて差し上げますから」

「……これ以上やられたら、俺は死ぬ」

そう言いつつも、甫はいかにも渋々メッセージを再生してみた。スピーカーからは、しばらく躊躇う気配の後、耳慣れた弟の声が聞こえてきた。

『あの……兄ちゃん、さっきはゴメン。深谷さんに、初めてすっげー怒られた。泣くほど怒られた。っていうか、あんな酷いこと言っちゃ駄目だって、深谷さんが半泣きだった』

心底すまなそうな、どこか頼りなげな声で遥はいきなり詫びてきた。そのことにも、あの温厚で、遥を心から慈しんでいる深谷が、「すっげー」と形容されるほどの勢いで遥を叱ったことにも、甫は驚きの目を見張った。

音が漏れ聞こえるのだろう。九条は、「ほらね？」と小さな声で言って片目をつぶった。

『詳しいことは知らないけど、兄ちゃん、今、色々大変なんだって？　俺、兄ちゃんは、何でもさらさらって簡単にできるんだと思い込んでた。兄ちゃんにも、大変なことってあるんだね。俺さ、変だけどそれ聞いて、ホッとし……』

ピーッ！

タイムアウトでメッセージは途切れた。しかし、次のメッセージで、遥はまだ兄への思いを素直に語っていた。

『俺、頼りない弟だけど、きっと兄ちゃんのこと、今ならちょっとは支えられるよ。きついときは、うちに来て。でもって、俺のコッペパン、また食べて。深谷さんもさ、兄ちゃんのこと尊敬してるから、あのくらいじゃ追い払えませんよって伝えてってさ！』

メッセージを聞き終えた甫は、少し考えてから、それを消去せずに携帯電話を閉じた。

「よかったですね」

九条の言葉に、甫は珍しく素直に頷く。

「……そうだな」

九条は、甫の前におもむろにしゃがみ込んだ。そして、甫の膝に頬杖でもつくように腕を置き、甫の端整な顔をじっと見上げた。

「な、何だ」

甫はギョッとしつつも、九条の珍しく真面目な顔を見返す。

「きっと、あなたがここに来たときが、どん底です。これからは、上がっていくばかりですよ。大丈夫」

そんな励ましに、甫はかえって眉間に不機嫌そうな縦皺を刻んだ。

「そんな根拠のない『大丈夫』は、到底受け入れられんぞ」

だが、九条は、静かにかぶりを振った。

「根拠のない勘ほど強いものはありませんよ。現に、弟さんたちとの関係は少し良くなったみたいじゃないですか」

「まあ……それはそうだが。しかし、職場の療法士たちのほうは、そう簡単ではないだろう」

谷田部を筆頭に、自分に冷ややかな目を向ける療法士たちのことを考えると、甫の顔に暗い影が再び落ちる。だが、九条はそれを払うように、指先で甫の額を撫でた。

「それもきっと、大丈夫ですよ。僕が、魔法の呪文《じゅもん》を教えてあげますから」

「……子供扱いするな。何だ、その魔法の呪文というのは」

小馬鹿にされたのかとまなじりを吊り上げた甫に、九条は一文字ずつ区切り、歌うように言った。

「あ、り、が、と、う。これが、先生に必要な、史上最強の呪文ですよ」

「……ありがとう……？」

甫は険しい顔のまま、その言葉を呟くように口にする。九条はニッコリして頷いた。

「ありがとうは、単なる感謝の言葉じゃなくて……相手に対するプラスの感情って全部、行き着く先は『ありがとう』の一言だと、僕は思うんです。……大野木先生、あんまり言わなそうですよ」

薄い唇をへの字に曲げて、甫は曖昧に頷く。

「確かに……」

そんな甫の下がりきった口角を、九条は両手の人差し指でムニュッと引き上げてクスリと笑った。

「そんなに難しい顔をしないで。明日は、その最強の呪文を忘れずに、堂々と胸を張って出勤してください。きっと、何もかもがちょっとずつ素敵に見えてきますから」

「……本当か？」

普段なら馬鹿馬鹿しいと切り捨てるような他愛ない言葉でも、今の甫には縋《すが》ってみたい気分になる。九条は立ち上がると、「ええ」と晴れ晴れした笑顔で頷いた。

「本当です。その呪文が、出来たてほやほやの恋人からの、花束に続くプレゼント第二弾ですよ」

そんな言葉と共に、額に落とされたキスがたまらなくくすぐったい。思わず首を竦めながら、甫は、本当に明日への不安が少しだけ薄らいだような気がしていた……。

朝、甫はいったん帰宅して着替えてから、改めてリハビリ科に出勤した。

あれから、狭い布団で九条に抱えられるように横たわり、彼がくれた「最強の呪文」についてあれこれと甫なりに考えているうちに、ことりと眠りに落ちてしまった。

出勤してからも考え事は延々と続いていたが、外来や入院患者のケアで、日中は慌ただしく過ぎた。それは甫だけでなく療法士たちにとっても同じことで、彼らの間にある緊張関係は、多忙のせいで棚上げにされ、ある意味平穏に時間は流れた。

そして、とっぷり日が落ちた午後六時過ぎ。

医局の自席で文献の整理をしていた甫のもとに、問題の谷田部がやってきた。

「大野木先生、横田さんのリハビリのカリキュラム案を作ってみたので、チェックお願いします」

谷田部は相変わらず能面のような表情で、甫にクリアファイルに挟んだ書類を差し出す。

「わかった」

甫も無愛想な顔でそれを受け取り、ノートパソコンの脇に置いた。

「失礼します」

クルリと背を向けた谷田部の背中に、甫は小さいがハッキリした声で言った。

「……助かっている」

「は？」

谷田部は、酷く驚いた顔で振り返った。

甫は照れくさいのを必死でこらえ、もう一度、ゆっくりと同じ言葉を繰り返した。その視線は、机の上に置かれたガーベラのアレンジメントに注がれている。

今朝、「あれをお守りだと思って」と九条に言われたのだが、確かに小さな花束は、まるで九条がここにいるような心強さを甫に与えてくれていた。

「他の療法士たちを上手くまとめてくれて、俺としてはとても助かっている。これからもよろしく頼む。……あと、現場からの業務改善案があれば、遠慮なく言ってほしい」

それは、昨夜の「最強の呪文」を甫なりに解釈した結果だったのだが、そんな経緯を知るよしもない谷田部は、ポカンとした後、痩せた顔にあからさまな疑惑の色を浮かべた。

「それは……歩み寄りですか？　それとも懐柔？」

いつもなら、ふざけるなと怒鳴っていたところだろう。だが甫は、ぐっとこらえてかぶりを振った。

「どちらでもない。俺の立ち位置も気持ちも変わらん。……ただ、言葉にしなければ伝わらないことも多いと、この一週間で知った。だから言ってみたが、不愉快ならやめる」

「ああ……いえ」

片手を振りつつも、谷田部はまだ疑いを消せずに問いを重ねた。

「その……すみません。でも、それは先生に苦言を呈しても、腹を立てずに耳を傾けて頂けるということですか？」

「腹は立つかもしれん」

「では、僕らとしては……」

それ見たことかと言わんばかりの谷田部の言葉を遮り、甫は素直な気持ちを口にした。

「だが、それはお前たちとて同じだろう。これまで、新参者の俺がいきなりトップに立ったことにも、仕事内容を激変させたことにも、腹を立てていたんだろう？　だからこそ、先週の勉強会の後、あんなことを言った」

「それは……はい、まあ」

用心深く明言を避け、それでも谷田部は大筋で甫の発言を肯定する。甫は、世間の常識を語るような淡々とした調子で言った。

「俺は、ここが職場で俺たちがプロである以上、いかなる事情があり、いかなる状況であっても、業務においては最善を尽くして当然だと思っている。俺のことをお前たちが気に入るまいと、俺のやり方がお前たちの意に添うまいと、医局のトップが俺である以上、俺が決めた方針に従うことも当然だと思っている」

「…………」

相変わらずの甫の高圧的な物言いに、谷田部はゲッソリした顔で首を振った。少しは考えを改めたのかと期待したのに、まったく変わっていないと失望したのだ。だが甫は、そのままこう続けた。

「だが一方で、スタッフ全員の協力なしには、俺がこの医局を運営できないのも事実だ。我々の間には不動の上下関係があるが、その一方で、厳然たる協力関係も構築されねばならん。それは十分に認識していたが、よもやそのためには、俺が謝意をいちいち態度で示す必要があるとは、これまで思い至らなかった」

「……はあ?」

谷田部の表情は、この数分でめまぐるしく変化している。今、彼のどちらかといえばのっぺりした顔に浮かんでいるのは、まぎれもない「困惑」である。

甫は大真面目な顔で続けた。

「俺は、医学的な知識ではそんじょそこらの奴に引けを取らないつもりでも、組織運営についてはまだ足らないところが多くあると思う。最終決定権はあくまで俺になくてはならんが、現場からのフィードバックや提案を拒む気はない。むしろ歓迎する」

「……そう、だったんですか」

「腹は立つかもしれんが、それが業務上有益な発言であれば、俺は私情でそれを切り捨てることはない。お前たちが、俺自身を拒絶しても、俺のやり方は否定しなかったのと同じことだ。その態度は……感謝に値すると思っている」

「！」

谷田部はハッとした。

正直なところ、いつにも増して四角四面、かつ難解な言い回しを繰り出す甫に辟易していた彼なのだが、どうやらさっきからの一連の長台詞は、最後の「感謝に値すると思っている」という一言を引きずり出すための助走だったらしい……ということに気付いたのだ。

その推測が誤っていない証拠に、いつもは冷たく整った甫の顔が、今は滑稽なほど器用な歪み方をしている。

これまでどんなときも冷淡で威圧的な態度を崩さなかった上司が、初めて自分たちに歩み寄ろうとしていることに、谷田部は気付いた。

しばらく沈黙した後、谷田部はさっきより刺々《とげとげ》しさの薄らいだ声でさりげなく言った。

「わかりました。でも、そのお言葉は僕だけでなく、療法士の皆にも言ってやって頂けますか？」

「無論、そのつもりだ」

「……その、次回の勉強会で」

「な……に？」

「できましたら、皆にはもう少し平易な表現をお願いしたいところですけど」

谷田部は照れたように微妙に表情を崩し、明後日を向いて言葉を継いだ。

「確かに、僕らのほうも、あなたのことを侵略者のように思い込んでいたかもしれません。小姑《こじゅうと》じみた意地悪な目で、あなたの行動を見ていたことは認めます」

「谷田部……」

「現状では、勉強会が僕ら療法士にとっては負担が大きすぎるというのは本当です。ですが、題材を現場ですぐに役立つ小さなことから選ぶようにすれば、僕らにも十分受け入れられる催しになると思いますよ」

「……なるほど。短い時間、平易なトピックということか」

「ええ。高尚なテーマは、先生のお当番の日にどうぞ」

まだ多少意地悪な言い方は消えないとはいえ、それは谷田部の性格もあるのだろう。初めて、ケチをつけるのではなく改善策を口にした谷田部に、甫の心にあったわだかまりが少しずつ薄らいでいく。

「了解した。……では、来週の勉強会はいつもの時刻から始める。だが、時間は二十分に短縮、トピック選定はお前に任せよう」

「わかりました」

頷いて、谷田部は初めて甫に笑顔を見せた。甫も、ぎこちなく口元を引きつらせる。笑い返そうとしたものの、慣れていないのでうっかり不気味な表情になってしまったらしい。

「……っ……、し、失礼します」

ニコ。

鉄壁の冷血漢だと思っていた年下の上司に、実はけっこう不器用で可愛いところがあるとうっかり知ってしまった谷田部は、こみ上げる笑いを抑えることができず、口元を片手で隠したまま一礼し、逃げるように医局を出て行った。

「……何だ、あいつは」

憮然《ぶぜん》としてその背中を見送った甫は、ふと別の視線を感じ、周囲を見回した。すると、甫からは死角になっていた席から、ぬっと大柄な男が立ち上がった。

知彦である。どうやら、自席にいたところ谷田部と甫が会話を始めてしまい、身動きできずにそのまま成り行きを見守る羽目になったらしい。

「すいませんっ」

決まり悪そうに詫びて、知彦はペコリと頭を下げた。

「何だ、深谷か。盗み聞きは感心せんな」

どうしても、知彦に対しては厳しい口調を崩せない甫は、羞恥も手伝ってツケツケと言い放つ。

「ホントにすいません。でも……」

重ねて謝りつつも、知彦の実直そうな顔には、隠しきれない喜びが滲んでいる。

「僕、嬉しかったです。勉強会をまたやれることも……先生が、リハビリを辞めずにいてくださるのも。あの、来週の話をするってことは、そういうことなんですよね?」

「……お前がまだ、手を離せるレベルに到達していないからな」

ぶっきらぼうにそう言い、甫は机の上に置いてあったメモを知彦に差し出した。

「これは？」

戸惑いつつ、知彦はメモを受け取る。甫は敢えて事務的な口調で言った。

「例の高校生の義足。海外に、同じような状況でパラリンピックを目指すことになったティーンエイジャーの症例報告がいくつかある。リストアップしておいた。英文だが、読めないほど難解ではなかろう」

「……っ！　あ、ありがとうございますっ！」

前に話したときにはさして興味なさそうに聞いていた甫が、ちゃんと自分の受け持ち患者のことを気に掛けていた。それに感動して、知彦は顔を紅潮させる。甫は使いもしないノートパソコンを起動させながら、そのモニターを睨んでボソリと付け加えた。

「あと、遥を叱ってくれたそうだな。お前が、あれを甘やかすだけの男でないことがわかって、少しは安心した。…………ありがとう」

「え……？　はい？」

甫の部下になって一年余り。初めて聞いた掛け値なしの感謝の言葉に、知彦は耳を疑い過ぎて裏返った声を出す。

「時間を無駄にするな。とっとと図書館へ行ってこい！」

「は、はいッ！」

まだ信じられないといった面持ちのまま、知彦はメモを大事そうに握り締め、図書館用のIDカードを引っ掴むと部屋を飛び出していった。

今度こそ、誰もいない医局に、甫だけが残される。

せっかく立ち上げたノートパソコンを閉じ、甫はその上にくだんのアレンジメントを乗せた。

ピンクと白のガーベラは、優しい佇《たたず》まいで幾重にも花びらを広げている。派手ではないが心をほっと和ませてくれるその姿は、アレンジメントを作った人間を彷彿《ほうふつ》とさせた。

「確かに、お前のくれた呪文は最強であるようだが……」

甫は、まるで九条に対するように、ガーベラに向かって語りかけた。

「唱えるたびに、恐ろしく消耗するぞ。死ぬ程疲れた」

無論、花は何も応えてはくれないが、「よくできました」と言って微笑む九条の姿が花の向こうに透けて見えるような気がした。

きっと今頃、九条は閉店後の店内で、一輪一輪、愛おしげに花を選びながら、アレンジメントを作っているだろう。

甫が訪ねていけば、あの飄々《ひょうひょう》とした笑顔を見せて、何も言わなくても「ね、僕の言ったとおりだったでしょう？」と言うのだろう。

うんと年下の、そのくせやけに懐の深い、不思議な「お試し中」の恋人。

萎れた花を甦らせるその手で、九条は暗くて深い古井戸のような絶望から、甫を引き上げてくれた。誰よりも感謝すべき相手に、甫はまだ何も言っていない。

「最強の呪文……あと一回、あいつに向けて唱えるくらいの気力は、まだ残っている、か」

自分が授けた呪文を喰らったとき、九条はどんな顔をするだろう。

驚くだろうか。それとも、ただ優しく微笑んで頷くだろうか。

もう恋愛に浮かれる年ではないと自戒しつつも、想像を巡らせるだけで心が軽くなる。

緊張で凝り固まった肩を片手でほぐしつつ、甫は立ち上がった。そして、ホワイトボードに提《さ》げられた自分の名札を引っ繰り返すと、やりかけの仕事を忘れたふりで、いそいそと帰り支度を始めたのだった……。

＊　　＊

いくら平静を装っていても、歩くスピードは勝手に速くなってしまう。

途中、病院関係者に何人か行き会い、素知らぬふうで挨拶を交わしつつも、甫の心臓は早鐘のように打っていた。

別に、後ろめたく思う必要はないし、黙っていれば不自然なことは何もないともわかっているのだが、何故か大きな秘め事を抱えているような気がして、気分が奇妙に高揚する。いっこうに収まらない鼓動を持て余しつつ、甫は病院の通用口から外に出た。

ずっと全館暖房の院内で過ごしているせいで、寒風が実際以上に頬に冷たく感じられる。甫は足早に、駐車場方面へ向かった。

いつもより早上がりしたといっても、時刻はもう午後七時を過ぎている。あたりはもう真っ暗で、フラワーショップ九条のシャッターは半分以上閉められていた。中から光が漏れているところを見ると、営業を終えた後も九条は店にいて、明日の準備に勤しんでいるのだろう。

「……待てよ」

店の前まで来て、甫はふと、ある事実に気付いた。考えてみれば、仕事帰りに立ち寄る約束など、別段していないのである。

(連日通い詰めるなんて……子供じゃあるまいし)

九条にここしばらくの礼を言いたい気持ちはあるとはいえ、そしてドサクサながらも恋人関係になったとはいえ、仕事帰りに当たり前のような顔でいそいそと飛んできた自分が急に愚かに思われてくる。

(昨夜の今日だぞ。いくら何でも、それは浮かれすぎじゃないか?)

少し精神的な余裕が戻ってくると、理性とプライドも自動的に復活してきたらしい。

九条に会いたい気持ちはあるが、このままシャッターを潜るのは、三十路《みそじ》を過ぎた男として情けなさ過ぎる気がする。

(ううむ……どうするか)

突っ立っていると冬の寒さが身に染みて、じっとしていられなくなる。甫は腕組みしたまま、店の前を行ったり来たりし始めた。

……と。

ガラガラッ！

近づいてくる足音が聞こえたと思うと、勢いよくシャッターが開けられた。

「ぎゃッ」

甫は思わず奇声を上げて飛び退った。現れたのは、当然ながら九条である。まだ、ツナギとエプロンという仕事着姿で、腰には道具をセットした革製のホルダーが下がっている。

「う……あ、ええと」

咄嗟に逃げ出しかけて思いとどまったため、どうにも奇妙なポーズで固まった甫を見て、九条は可笑しそうに笑いながら言った。

「お帰りなさい」

「……あ……」

驚くほど短い一言で、いとも簡単に躊躇いを吹き飛ばされ、甫は瞠目《どうもく》する。

ここはもう、甫にとっては訪ねるだけでなく、「帰って」きていい場所なのだと、九条は実にさりげなく、けれどはっきりと告げたのである。

「た……た、ただ、いま」

大学を出てからずっと一人暮らしだった甫は、言い慣れない挨拶をぎこちなく返した。

ここは俺の家ではないと、いつもの甫なら冷たく言い放っただろう。だが、今の彼には、温かく迎えられたという事実が妙に気恥ずかしく、嬉しかったのだ。

「短い移動距離とはいえ、寒かったでしょう？　それに……さっきから延々と、店の前を歩き回ってらっしゃったようですし」

「うっ……な、何故それを」

「何故って、見えてましたから。さ、早く入ってください」

「う、ううう」

少し考えればわかりそうなものだが、甫には店内の様子は見えなくても、店の中にいた九条からは、シャッターの真ん前でウロウロしていた甫の足元はハッキリ見えていたらしい。

恥ずかしさに何も言えない甫を半ば強引に店に引っ張り込んだ九条は、すぐにシャッターを全部下ろしてしまった。そのさりげない動作に、甫は、あの半分開けたシャッターは、自分を待っていると伝えるためだったのだと気付く。

「あ……」

心の隅から隅まで九条に読み通されていることに戦慄しつつ、甫はおずおずと店内を見回した。

「あー……その……何だ、今日の商売はどうだった」

口から出たのは、苦し紛れのまったく意図しない質問だった。九条は温和な笑顔で、狭い店内をぐるりと見回す。

「悪くなかったですよ。ほどほどに売れましたし。ああでもちょっと、残念なこともありましたね。仕入れ値が高すぎて諦めた胡蝶蘭《こちょうらん》を、お客さんに希望されたりして。やっぱり無理しても仕入れておけばよかったかなと」

「小さな店だ。全員のリクエストに応えるのは厳しいだろう」

「そうなんですよね。特に単価の高い花は、自転車操業の店では仕入れを躊躇いますよ。それで、あなたは？」

世間話のように軽い調子で問われ、甫は口ごもりながら曖昧に頷いた。

「う……ああ、まあ」

だがそのまったく意味を成さない言葉……ではなく甫の表情から、今日一日の成果を読み取ったらしい。九条は明るく「頑張りましたね」と言った。

八歳も年下の男に、幼児に対するような褒められ方をして、さすがの甫も感謝の気持ちを一瞬忘れ、ムッとした顔になる。

「別に、頑張ったとかそういうことでは……！」

「でもまあ、そのお話は後でゆっくり。先に奥でくつろいでいてください。ここいらを片付けたら、僕も行きますから」

九条にさらりと流されて、甫は不満顔ながらもかぶりを振った。

「いや。……ここで見ていてもいいか？」

「僕の作業をですか？　面白くはないと思いますが、別に構いませんよ。ああそれとも、異業種の仕事っていうのは、知らない人にはそこそこ面白いんですかねえ」

「そんなところだ」

甫は、小さなカウンターの奥にあったスツールに腰を下ろす。九条は空っぽになった容器を片付け、美しく作り上げたフラワーアレンジメントをフラワーキーパーの空いた場所にしまい込んだ。

「それは、明日使う花なのか？」

「ええ。仕入れのない日は、たいてい朝イチにアレンジメントを作ることにしているんですが、明日の午前配達分の注文が多いので、大物は前もってやっつけてしまいました。親が置いていってくれたストッカーが、こういうときはありがたいですねえ」

「そういえば、俺が泊まった朝は、家にいたな。花の仕入れは毎日じゃないのか」

「ええ。週に三日、仲卸に買いに行くんです」

「仲卸？」

「はい。うちは小さな花屋ですからね。競りで大量に買い付けるよりは、良心的な仲卸業者から必要な種類を必要なだけ買うほうが都合がいいもので。お客さんのリクエストであまり出ない花を仕入れるときは、インターネットで買い付けることもありますよ」

「ほう。呑気《のんき》に見えて、それなりに経営努力をしているんだな」

「ふふ、それなりに、ですけどね。本当は採算が取れないとわかっていても、見たらどうしても仕入れたくなって……ということもありますし。というか、先生が二日酔いでダウンなさっていた朝も、仕入れに行ったんですよ？」

「そうだったのか？」

「だから、階段から転げ落ちてこられたとき、僕、花の水揚げをしていたでしょう？」

九条はクスリと笑いながら、キーパーの中のガーベラを指してみせる。甫は気まずげに頷いた。

「そ……そういえば」

「けっこう物音を立てていたので、あなたが安眠できないんじゃないかと心配していたんですが……気付かないほどグッスリ眠れたのならよかった」

澱《よど》みなく喋りながら、九条はせわしなく動き回る。それが自分を待たせすぎないようにという配慮だとわかっていても、感謝の言葉を口にする隙などなくて、甫はひたすらジタジタするしかない。

そんな彼を後目に、着々と仕事をこなした九条は、フラワーキーパーのガラス戸をしっかり閉め、振り返った。

「さて、本日の業務は終了。お待たせしました。ところで、お腹は空いてますか？　夕飯を用意しているんですが」

予想もしなかった言葉を投げかけられ、甫は目を見張る。

「……夕飯？」

「はい。だってちょうど夕飯時ですから」

思わず問い返した甫に、九条は平然と頷いた。甫は訝しげに眉をひそめる。

「俺は今日、仕事帰りに寄ると約束した覚えはないんだが」

「はい。そんなことは仰ってませんでしたよ」

「だったら、何故」

「来てくださるような気がしていましたから……と言ったら、うぬぼれでしょうか。でも、実際、今、あなたはここにいらっしゃいますし」

「うっ……」

「もし、何か他にお約束があるなら諦めますが」

「い、いや。それは別に」

「だったら、どうぞ、奥へ。もうほとんどできてるんですよ。ああでも、お風呂が先のほうがいいですか？　そちらも支度はできています。それとも、僕……という古典的な選択肢は自重しておきましょうか。冗談抜きで、先に食事で構いませんか？」

「う……あ、ああ」

ごく当たり前のように食事に誘われ、甫は断る術《すべ》もなく、店舗の奥にあるこぢんまりしたダイニングキッチンへのこのこと行く羽目になった。

すぐ後から、エプロンを外した九条もやってくる。

おそらくは、引退した両親が残していったものをそのまま使っているのだろう。昭和の匂いに溢《あふ》れた調度品が、妙にくつろげる雰囲気を醸し出している。

コンロには、すでに鍋が弱火にかけられていた。

「ビーフシチューがお好きだといいんですが」

そう言いながら、九条は流しで手を洗い、フライパンを火にかけた。鮮やかな手つきでタマネギをみじん切りにして、たっぷりのバターで炒《いた》め始める。たちまち台所には、香ばしい匂いが漂った。

「ビーフシチュー？　ずいぶんと豪勢だな」

「それはもう、お祝いですから。職場の方々と、仲直りできそうなんでしょう？」

「さっきも、自信満々でそう言ったな。何故わかった？」

「あなたの顔を見れば、一目瞭然《いちもくりょうぜん》ですよ。眉間の縦皺がなくなっていますから」

妙なポイントを指摘されて、甫はハッと眉間に手を当てた。背中を向けているのに、そんな甫の仕草が想像できたのだろう。九条はクスクス笑って言った。

「難しい顔をしているあなたもたいそうチャーミングですが、やはり不幸な皺はないほうがいいですからね。……正直なところを言えば、万が一、険しいお顔でお戻りなら、そのときは残念会にするつもりで、ちょっとしたご馳走《ちそう》にしてみました」

「そ……そうか」

九条の手回しの良さに舌を巻きつつ、甫はふと、この体勢が、話をするにはずいぶん楽な状態であることに気付いた。

（今がチャンスかもしれないな）

さっき、店にいるときはどうにもタイミングが掴めなかったが、九条が自分に背中を向けており、しかも動き回らず、同じ場所にじっと立っている今なら……。

そう思って、甫は九条の背後に立ったまま口を開いた。

「料理は好きなのか？」

職場で谷田部にしたように、とりあえず助走をつけてから本題になだれ込もうという算段である。

「そうですねえ。一人暮らしが長かったですし、音楽をやっていた頃の相方が不摂生をする男で。しょっちゅう何か作っては食べさせていたので、それなりに上達してしまいました」

「……そうか」

「シチューとパンだけでは寂しいので、ミモザサラダも作ってみたんですが、何か嫌いな野菜とか、ありましたっけ」

「セロリは嫌いだ。臭くて食えない」

「おや。……うっかり入れてしまいました。僕としたことが。完璧に抜いてから、お出ししましょうね。あと、今作っているのはバターライスで、これを卵で包んで小さめのオムライスにしてから、ビーフシチューをたっぷりかけて……」

「オムライスも大好物だが……それはともかくだ」

やたら旨そうな料理の説明を始めた九条を、甫は慌てて遮った。

「はい？」

やけに真面目な口調の甫に気付き、九条は訝しげに振り返った。

急に目が合って、甫はゴクリと生唾を飲んだ。そのせいで、喉元まで出ていた「ありがとう」の言葉まで、一緒に飲み込まれてしまう。

「う……そ、その、だな」

「はい」

そちらは見ずにフライパンの中身を掻き混ぜながら、九条は優しい目でじっと甫を見つめている。今言わなければ本当に機会を逸してしまうと、甫は考えがまとまらないまま話し始めた。

「道ばたで拾われてからというもの……お前には……その、何だ。迷惑をかけたというか世話になったというか、色々したりされたりでまあその、挙げ句の果ては、試用期間とはいえ恋人とかいう抜き差しならない関係にまで……」

しどろもどろになりつつ、とにかくひたすら喋ってみるものの、本来ならば簡単な「ありがとう」の一言に、なかなか話が向いてくれない。百面相で焦《あせ》る甫を今にも噴き出しそうな顔で見ていた九条は、ついに見かねてフライパンの火を止めた。そして、おそらくは無意識に両の拳を握りしめ、仁王立ちになっている甫をふわりと抱いた。

「お……おい、俺は大事な話を……っ」

戸惑い顔で声を震わせる甫の柔らかな髪を撫で、その身体からいかにも病院らしい消毒薬の匂いを嗅ぎながら、九条は言った。

「はい、ちゃんと聞いていますよ。……あなたの心の声をね」

「…………ッ」

首筋に触れる甫の頬は、恐ろしく熱い。

「あなたのその綺麗な目は、あなたの口よりたいてい雄弁みたいですから。言葉にしてくださらなくても、十分にお気持ちは頂きました」

　本当にわかってしまっているらしき九条の物言いに、甫はようやく肩から力を抜いた。安堵したというより、九条の察しの良さに脱力してしまったというのが本当のところだが、とにかく、気持ちが伝わったことは嬉しかったのだ。

「僕が差し上げた最強の呪文を、僕にも使ってくださったんですね」

　明るい声でそう言い、九条は幼子を褒めるような調子で、甫の背中をぽんぽんと叩いた。そんな些細な仕草にも安心してしまう自分に戸惑いながら、甫は嘆息した。

「お前は……俺を甘やかしすぎる」

　九条の肩に額を押し当て、思わず本音を漏らした甫に、九条は静かに笑う。

「だって、それが僕がすでに持っている権利ですから。次なる野望は、今は仮ライセンスの『あなたを愛する権利』を本式に勝ち取ることです。その足がかりとして……」

「……何だ」

　若干不穏なことを言い出した九条に警戒の色を見せ、甫は顔を上げる。だが、離れようとしたその身体を背中を抱くことで腕の中に閉じこめ、九条は至近距離で綺麗に笑ってみせた。

「あなたが僕に言い損なった言葉を、ご褒美という形に換えてくださいませんか？」

「な……な、な、何がほしいと……」

ドギマギする甫の眼鏡をヒョイと外し、九条は遮るもののなくなった甫の瞳をジッと見つめた。そして、どこか甘えるような囁き声で言った。

「お風呂の用意ができているというのは、本当なんです。……もう一晩、泊まっていってください。あなたのお話をたくさん聞きたいんですよ。ご家族のことも、職場のことも。あなたのことを、もっと知るために」

「話だけなら……まあ、いい」

さすがに、二日続けての行為には怖じ気づく。ホッとした様子でそう言った甫に、九条は少し情けなさそうに眉尻を下げた。

「おや。僕は昨夜、あなたを慰めて、甘やかし損ねましたか？」

「そっ……そういうわけじゃないが……いくら何でも、連日は……ッ」

真っ赤になって、甫は必死の抵抗を試みた。眼鏡を奪われると、下着を奪われるのと同等の羞恥を感じていたたまれない。

「ふふ、冗談です。でも、うちには布団が一組しかありませんから、あなたをただ抱いて眠ることは許していただけますか？」

「そ……それは、まあ」

「では、明日の朝、目覚めるまでの間に、数えきれないほどキスをすることは？」

恥ずかしいほどストレートな要求を堂々とつきつけてくる九条に、甫は降参するより他がない。食い下がれば食い下がるほど、かえって九条に好き放題されてしまうことにようやく気付いたらしい。

「か……か、か、数えきれる程度なら、まあ、いい」

その口から出た言葉は、消え入りそうに小さかったが、九条は聞き逃さなかった。

「では、数えきれる程度で手を打ちましょう。まずは、あなたのために極上のオムライスを作れるように、食前のキスを」

そう言いながら、ソフトに強引な九条の手は、甫の顎をそっと上向ける。

いつも想像の遥か斜め上を行く年下の恋人に翻弄《ほんろう》されっぱなしの自分に呆れつつも、甫は降りてくる優しい唇を受け止め、そっと目を閉じたのだった……。

あとがき

こちらでは初めてお目にかかります。椹野《ふしの》道流《みちる》です。

これまで未踏の大地（笑）だったプラチナ文庫さんに、ひょんなご縁でお世話になることに相成りました。

私自身、プラチナ文庫といえば比較的ハードなイメージがあったのですが、今回書かせていただいたのは……私のこれまでの作品の中でも、一、二を争うほのぼのとしたストーリーとなりました。

今作、「お医者さんにガーベラ」の主役は、K医大リハビリ科の医師大野木《おおのぎ》甫《はじめ》と、病院前でフラワーショップを営む九条《くじょう》夕焼《ゆうや》です。医者と花屋という何ともニッチな取り合わせですが、当初の予定より遥かに花屋がくせ者化し、医者が駄目人間化して、担当さんばかりか作者の私までビックリです。しかし、本当に何と言うか色んな意味で私らしい、むず痒く可愛いお話になったと思うので、楽しんで頂けたらとても嬉しいです。

また、あまり間を置かずに出版される予定の続編「お花屋さんに救急箱」では、甫と九条のその後と共に、もう一つのカップルの恋模様も語られる予定です。

そのカップルとは、本作に出て来て色々とやらかしてくれている、甫の弟である遥《はる》と、甫の部下である深谷《ふかや》知彦《ともひこ》です。下町で小さなコッペパン専門店を営む遥と、理学療法士として甫の下で働く知彦。これまた風変わりな取り合わせですが、こちらも可愛いカップルです。

甫と遥、当初はまったく似ていない兄弟だと思っていたのですが、蓋を開けてみたら、驚くほど似た者兄弟でした。とはいえ、そんな兄弟の相手役である九条と知彦はまったく違うタイプなのが不思議な感じです。

次作では、そんな二組のダブルデート話なんかも書けたらいいな……とただいま算段中です。どうぞお楽しみに！

そうそう、お楽しみといえば、この本が出る頃には、プランタン出版さんのサイト(http://www.printemps.jp) で、大野木兄弟と愉快な仲間たち（といっても二人ですが）のちょっとしたお遊び企画が既に始まっていることと思います。

いつまで続くかは未定ですが、毎日覗くもよし、週末にまとめ読みするもよし、お気軽に楽しんで頂けたらとても嬉しいです。

それから、私自身のお仕事予定やイベント参加スケジュール、短編企画などは、私が後見させて頂いているサイト「月世界大全」http://fushino-fan.net/でチェックしていただけます。

最近たまに訊かれるのですが、ツイッターは、「MichiruF」でたまに細々と呟いております。よろしければフォローしてやってください。ただし、あまり実のあることは言っておりません。

では最後に、お世話になったお二方にお礼を。
イラストを引き受けてくださった黒沢要《くろさわかなめ》さん。実は九条のイメージがなかなか固まらなかったのですが、要さんのキャララフを見て、「ああ、こういう人！」と何かがかっちり嵌ったような快感がありました。男前なのにどこか頼りない甫兄さんも、とてもいい眼鏡です。ありがとうございます！
そして、担当のN田さん。プロットの普通さとそこから出てくる話の様子のおかしさに戸惑いながらも、的確なディレクションをありがとうございました！　いつもとても頼りにしています。

ではまた次作でお目にかかります。それまでごきげんよう！

槌野　道流　九拝

お医者《いしゃ》さんにガーベラ

プラチナ文庫をお買いあげいただき、ありがとうございます。
この作品を読んでのご意見・ご感想をお待ちしております。

★ファンレターの宛先★

〒102-0072　東京都千代田区飯田橋3-3-1
プランタン出版　プラチナ文庫編集部気付
椹野道流先生係 / 黒沢 要先生係

各作品のご感想をWEBサイトにて募集しております。
プランタン出版WEBサイト http://www.printemps.jp

著者――**椹野道流**（ふしの みちる）
挿絵――**黒沢 要**（くろさわ かなめ）
発行――**プランタン出版**
発売――**フランス書院**
〒102-0072　東京都千代田区飯田橋3-3-1
電話（営業）03-5226-5744
（編集）03-5226-5742
印刷――誠宏印刷
製本――小泉製本

ISBN978-4-8296-2462-3 C0193